魔法科高中的劣等生 25

The irregular at magic high school

逃離篇〈下〉

背負某項缺陷的劣等生哥哥。
一切完美無瑕的優等生妹妹。
這對兄妹就讀魔法科高中之後，

風波不斷的每一天就此揭開序幕——

佐島 勤
Tsutomu Sato
illustration
石田可奈
Kana Ishida

Kadokawa Fantastic Novels

Character
登場角色介紹

司波達也

就讀於三年E班。達觀一切。
妹妹深雪的「守護者」。

司波深雪

就讀於三年A班，達也的妹妹。
前年以首席成績入學的優等生。
擅長冷卻魔法。溺愛哥哥。

西城雷歐赫特

就讀於三年F班，達也的朋友。
二科生。擅長硬化魔法。
個性開朗。

千葉艾莉卡

就讀於三年F班，達也的朋友。
二科生。
可愛的闖禍大王。

柴田美月

就讀於三年E班，達也的朋友。
罹患靈子放射光過敏症。
有點少根筋的認真少女。

吉田幹比古

就讀於三年B班，出自古式魔法名門。
從小就認識艾莉卡。

光井穗香

就讀於三年A班，深雪的同班同學。
擅長光波振動系魔法。
一旦擅自認定後就頗為一意孤行。

北山 雫

就讀於三年A班，深雪的同班同學。
擅長振動與加速系魔法。
情緒起伏鮮少展露於言表。

里美 昴

就讀於三年D班。
宛如美少年的少女。
個性開朗隨和。

英美・艾米莉雅・格爾迪・明智

就讀於三年B班，隔代混血兒。
平常被稱為「艾咪」。
名門格爾迪家的子女。

櫻小路紅葉

三年B班，昴與艾咪的朋友。
便服是哥德蘿莉風格。
喜歡主題樂園。

森崎 駿

三年A班，深雪的
同班同學。擅長高速操作CAD。
身為一科生的自尊強烈。

十三束 鋼

就讀於三年E班。別名「Range Zero」（射程距離零）。
「魔法格鬥武術」的高手。

七草真由美

畢業生。現在是魔法大學學生。
擁有令異性著迷的
小惡魔個性，
不擅長應付他人攻勢。

中条 梓

畢業生。曾任學生會會長。
生性膽小，
個性畏首畏尾。

市原鈴音

畢業生。現在是魔法大學學生。
冷靜沉著的智慧型人物。

服部刑部少丞範藏

畢業生。社團聯盟總長。
雖然優秀，卻有著
過於正經的一面。

渡邊摩利

畢業生。真由美的好友。
各方面傾向好戰。

十文字克人

畢業生。
現在升學至魔法大學。
達也形容為「如同巨巖的人物」。

辰巳鋼太郎

畢業生。曾任風紀委員。
個性豪爽。

關本 勳

畢業生。曾任風紀委員。
論文競賽校內審查第二名。
犯下間諜行為。

澤木 碧

畢業生。曾任風紀委員。
對女性化的名字
耿耿於懷。

桐原武明

畢業生。關東劍術大賽
國中組冠軍。

五十里 啟

畢業生。曾任學生會會計。
魔法理論成績優秀。
千代田花音的未婚夫。

壬生紗耶香

畢業生。劍道大賽
國中女子組全國亞軍。

千代田花音

畢業生。
曾任風紀委員長。
和學姊摩利一樣好戰。

七草香澄

二年級。七草真由美的妹妹。
泉美的雙胞胎姊姊。
個性活潑開朗。

七寶琢磨

二年級。有力的魔法師家系
並且新加入十師族的
「七寶家」的長子。

七草泉美

二年級。七草真由美的妹妹。
香澄的雙胞胎妹妹。
個性成熟穩重。

櫻井水波

二年級。
立場是達也與深雪的表妹。
深雪的守護者候選人。

隅守賢人

二年級。白種人少年。
父母從USNA歸化日本。

安宿怜美

第一高中保健醫生。
穩重溫柔的笑容
大受男學生歡迎。

平河小春

畢業生。以工程師身分
參加九校戰。
主動放棄參加論文競賽。

廿樂計夫

第一高中教師。
擅長魔法幾何學。
論文競賽的負責人。

平河千秋

三年級。
敵視達也。

珍妮佛・史密斯

歸化日本的白種人。達也的班級
與魔法工學課程的指導教師。

三矢詩奈

第一高中的「新生」。
由於聽覺過於敏銳，
所以總是戴著耳罩。

千倉朝子

畢業生。九校戰新項目
「堅盾對壘」的女子單人賽選手。

矢車侍郎

詩奈的青梅竹馬。
自稱是「護衛」。

五十嵐亞實

畢業生。曾任兩項競賽社社長。

五十嵐鷹輔

三年級。亞實的弟弟。個性有些懦弱。

小野 遙

第一高中的
綜合輔導老師。
生性容易被欺負，
卻有不為人知的另一面。

三七上凱利

畢業生。九校戰「祕碑解碼」
正規賽的男生選手。

九重八雲

擅長古式魔法「忍術」。
達也的體術師父。

國東久美子

畢業生，在九校戰競賽項目
「操舵射擊」和艾咪搭檔的選手。
個性相當平易近人。

一条剛毅

將輝的父親。
十師族一条家現任當家。

一条將輝

第三高中的三年級學生。
「十師族」一条家的
下任當家。

一条美登里

將輝的母親。
個性溫和，
廚藝高明。

吉祥寺真紅郎

第三高中的三年級學生。
以「始源喬治」的
別名眾所皆知。

一条 茜

一条家長女。將輝的妹妹。
國中二年級學生。
心儀真紅郎。

黒羽 貢

司波深夜、
四葉真夜的表弟。
亞夜子、文彌的父親。

一条瑠璃

一条家次女。將輝的妹妹。
我行我素，行事可靠。

黒羽亞夜子

達也與深雪的遠房表妹。
和弟弟文彌是雙胞胎。
第四高中的學生。

北山 潮

雫的父親。企業界的大人物。
商業假名是北方潮。

黒羽文彌

曾是四葉下任當家候選人。
達也與深雪的遠房表弟。
和姊姊亞夜子是雙胞胎。
第四高中的學生。

北山紅音

雫的母親。曾以振動系魔法
聞名的A級魔法師。

吉見

四葉的魔法師，黒羽家的親戚。
超能力者，可讀取人體所殘留的
想子情報體痕跡。極度的祕密主義。

北山 航

雫的弟弟。國中一年級。
非常仰慕姊姊。
目標是成為魔工技師。

鳴瀨晴海

雫的表哥。國立魔法大學附設第四高中的學生。

牛山

FLT的CAD開發第三課主任。
受到達也的信任。

千葉壽和

千葉艾莉卡的大哥。已故。
警察省國家公務員。

恩斯特・羅瑟

首屈一指的CAD製作公司
羅瑟魔工所
日本分公司社長。

千葉修次

千葉艾莉卡的二哥。摩利的男友。
具備千刃流劍術免許皆傳資格。
別名「千葉的麒麟兒」。

九島 烈

被譽為世界最強
魔法師之一的人物。
眾人尊稱為「宗師」。

稻垣

已故。生前是
警察省的巡查部長，
千葉壽和的部下。

九島真言

日本魔法界長老——
九島烈的兒子，
九島家現任當家。

小和村真紀

實力足以在著名電影獎
入圍最佳女主角的女星。
不只是美貌，演技也得到認同。

九島光宣

真言的兒子。雖是國立魔法大
學附設第二高中的二年級學生，
但因為經常生病幾乎沒上學。
和藤林響子是異父同母的姊弟。

琵庫希

魔法科高中擁有的
家事輔助機器人。
正式名稱是3H
（Humanoid Home Helper：
人型家事輔助機械）P94型。

九鬼 鎮

服從九島家的師補十八家之一。
尊稱九島烈為「老師」。

陳祥山

大亞聯軍
特殊作戰部隊隊長。
心狠手辣。

呂剛虎

大亞聯軍特殊作戰部隊的
王牌魔法師。
別名「食人虎」。

周公瑾

安排大亞聯盟的呂與陳
來到橫濱的俊美青年。
在中華街活動的神祕人物。

鈴

森崎拯救的少女。
全名是「孫美鈴」。
香港國際犯罪組織
「無頭龍」的新領袖。

布萊德利・張

逃離大亞聯盟的軍人。
階級是中尉。

丹尼爾・劉

和張一樣是大亞聯盟的逃兵。
也是沖繩祕密破壞行動的主謀。

檜垣喬瑟夫

昔日大亞聯盟親侵略沖繩時，
和達也並肩作戰的魔法師軍人。
別名「遺族血統」的
前沖繩駐留美軍遺孤的子孫。

風間玄信

陸軍101旅
獨立魔裝大隊隊長。
階級為中校。

真田繁留

陸軍101旅
獨立魔裝大隊幹部。
階級為少校。

藤林響子

擔任風間副官的
女性軍官。階級為中尉。

佐伯廣海

國防陸軍101旅旅長。階級為少將。
獨立魔裝大隊隊長風間玄信的長官。
外貌使她別名「銀狐」。

柳 連

陸軍101旅
獨立魔裝大隊幹部。
階級為少校。

山中幸典

陸軍101旅獨立魔裝大隊幹部。
少校軍醫，一級治癒魔法師。

酒井

國防陸軍總司令部軍官，階級為上校。
被視為反大亞聯盟的強硬派。

新發田勝成

曾是四葉家下任當家
候選人之一。防衛省職員。
第五高中校友。
擅長聚合系魔法。

堤 琴鳴

新發田勝成的守護者。
調整體「樂師系列」第二代。
適合使用關於聲音的魔法。

堤 奏太

新發田勝成的守護者。
調整體「樂師系列」
第二代。琴鳴的弟弟，
和她一樣適合使用
關於聲音的魔法。

花菱兵庫

服侍四葉家的
青年管家。
順位第二名之
花菱管家的兒子。

四葉真夜

達也與深雪的姨母。
深夜的雙胞胎妹妹。
四葉家現任當家。

葉山

服侍真夜的
高齡管家。

司波深夜

達也與深雪的母親。已故。
唯一擅長精神構造干涉魔法的
魔法師。

櫻井穗波

深夜的「守護者」。已故。
接受基因操作，強化魔法天分
而成的調整體魔法師
「櫻」系列第一代。

司波小百合

達也與深雪的繼母。
厭惡兩人。

津久葉夕歌

曾是四葉家
下任當家候選人之一。
曾任第一高中學生會副會長。
擅長精神干涉系魔法。

安潔莉娜・庫都・希爾茲

USNA魔法師部隊「STARS」的總隊長。階級是少校。暱稱是莉娜。
也是戰略級魔法師「十三使徒」之一。

瓦吉妮雅・巴藍斯

USNA統合參謀總部情報部內部監察局第一副局長。
階級是上校。來到日本支援莉娜。

希兒薇雅・瑪裘利・法斯特

USNA魔法師部隊「STARS」的行星級魔法師。階級是准尉。
暱稱是希兒薇，姓氏來自軍用代號「第一水星」。
在日本執行作戰時，擔任希利鄔斯少校的輔佐。

班哲明・卡諾普斯

USNA魔法師部隊「STARS」的第二把交椅。
階級是少校。希利鄔斯少校不在時的
代理總隊長。

米卡艾拉・弘格

USNA派到日本的間諜
（正職是國防總署的魔法研究人員）。
暱稱是米亞。

克蕾雅

獵人Q——沒能成為「STARS」的
魔法師部隊「STARDUST」的女兵。
Q意味著追蹤部隊的第17順位。

瑞琪兒

獵人R——沒能成為「STARS」的
魔法師部隊「STARDUST」的女兵。
R意味著追蹤部隊的第18順位。

神田

民權黨的年輕政治家。
對於國防軍採取批判態度的人權派。
也是反魔法主義者。

上野

以東京為地盤的
執政黨年輕政治家。
眾所皆知親近魔法師的議員。

亞弗列德・佛瑪浩特

USNA魔法師部隊「STARS」的一等星魔法師。
階級是中尉。暱稱是弗列迪。
逃離STARS。

查爾斯・沙立文

USNA魔法師部隊「STARS」的衛星級魔法師。
別名「第二魔星」。
逃離STARS。

雷蒙德・S・克拉克

雫留學的USNA柏克萊某高中同學。
是名動不動就主動
和雫示好的白人少年。
真實身分是「七賢人」之一。

近江圓磨

熟悉「反魂術」的魔法研究家，
別名「傀儡師」的古式魔法師。
據說可以使用禁忌的魔法
將屍體化為傀儡。

顧傑

「七賢人」之一。
別名紀德．黑顧，
大漢軍方術士部隊的倖存者。

喬．杜

協助黑顧逃走的神祕男性。能力出色，即使是
要躲避十師族魔法師們追捕的
困難工作也能俐落完成。

詹姆士・傑克森

從澳大利亞來到
日本沖繩的觀光客。
不過他的真實身分是──

卡拉・施米特

德意志聯邦的戰略級魔法師。
在柏林大學設立研究所的教授。

賈絲敏・傑克森

詹姆士的女兒。
雖然年僅十二歲，
卻是非常穩重，
應對進退相當成熟的少女。

伊果・安德烈維齊・貝佐布拉佐夫

新蘇維埃聯邦的戰略級魔法師。
科學協會魔法研究領域的
第一把交椅。

威廉・馬克羅德

英國的戰略級魔法師。
在國外數間知名大學
擁有教授資格的才子。

艾德華・克拉克

USNA國家科學局（NSA）所屬的技術學者。
「至高王座」的管理者。

七草弘一

真由美的父親。
七草家當家。
也是超一流的魔法師。

二木舞衣

十師族「二木家」當家。
住在兵庫縣蘆屋。
表面職業是
數間化學工業、
食品工業公司的大股東。
負責監護阪神
與中國地區。

名倉三郎

受僱於七草家的強力魔法師。
主要擔任真由美的貼身護衛。

三矢 元

十師族「三矢家」當家。住在神奈川縣厚木。
表面職業（不太確定是否能這麼形容）
是跨國的小型兵器掮客。
負責運用至今依然在運作的第三研。

五輪勇海

十師族「五輪家」當家。住在愛媛縣宇和島。
表面職業是海運公司的高層，
實質上的老闆。
負責監護四國地區。

六塚溫子

十師族「六塚家」當家。住在宮城縣仙台。
表面職業是地熱發電所挖掘公司的實質老闆。
負責監護東北地區。

八代雷藏

十師族「八代家」當家。住在福岡縣。
表面職業是大學講師以及數間通訊公司的大股東。
負責監護沖繩以外的
九州地區。

十文字和樹

十師族「十文字家」當家。住在東京都。
表面職業是做國防軍生意的
土木建設公司老闆。
和七草家一起負責監護
包含伊豆的關東地區。

東道青波

八雲稱他為「青波高僧閣下」。
如同僧侶般剃髮的老翁，
但真實身分不明。
依照八雲的說法是
四葉家的贊助者。

遠山（十山）司

輔佐十師族的
師補十八家「十山家」的魔法師。
存在目的不是保護國民，
而是保護國家機能。

部分插圖協助／魔法科高中製作委員會

Glossary
用語解說

魔法科高中
國立魔法大學附設高中的通稱，全國總共設立九所學校。
其中的第一至第三高中，每學年招收兩百名學生，
並且分為一科生與二科生。

花冠、雜草
第一高中用來形容一科生與二科生階級差異的隱語。
一科生制服的左胸口繡著以八枚花瓣組成的徽章，
不過二科生制服沒有。

一科生的徽章

CAD
簡化魔法發動程序的裝置，
內部儲存使用魔法所需的程式。
分成特化型與泛用型，外型也是各有不同。

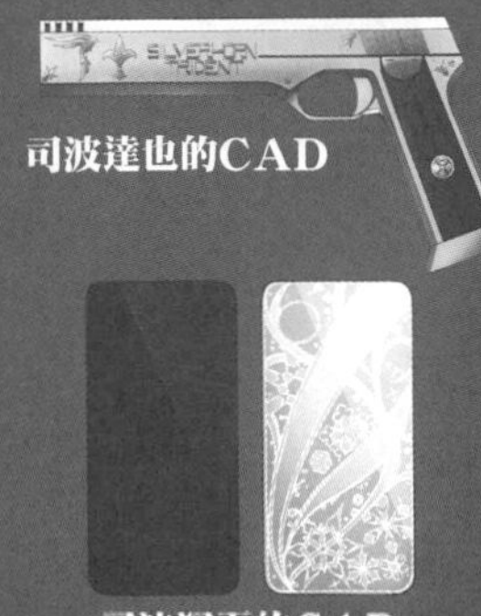

司波達也的CAD

司波深雪的CAD

Four Leaves Technology〔FLT〕
國內一家CAD製造公司。
原本該公司製造的魔法工學零件比成品有名，
但在開發「銀式」之後，
搖身一變成為知名的CAD製造公司。

托拉斯・西爾弗
短短一年就讓特化型CAD的軟體技術進步十年，
而為人所稱頌的天才技師。

Eidos〔個別情報體〕
原為希臘哲學用語。在現代魔法學，個別情報體指的是
「伴隨事物現象而來的情報」，是「事象」曾經存在於
「世界」的記錄，也可以說是「事象」留在「世界」的足跡。
依照現代魔法學的定義，「魔法」就是修改個別情報體，
藉以改寫個別情報體所代表的「事象」的技術。

Idea〔情報體次元〕
原為希臘哲學用語。在現代魔法學，情報體次元指的是「用來記錄個別情報體的平台」。
魔法的原始形態，就是將魔法式輸入這個名為「情報體次元」的平台，
改寫平台裡「個別情報體」的技術。

啟動式
為魔法的設計圖，用來構築魔法的程式。
啟動式的資料檔案，是以壓縮形式儲存在CAD，魔法師輸入想子波展開程式之後，
啟動式會依照資料內容轉換為訊號，並且回傳給魔法師。

想子
位於靈異現象次元的非物質粒子，記錄認知與思考結果的情報元素。
成為現代魔法理論基礎的「個別情報體」，成為現代魔法骨幹的「啟動式」和
「魔法式」技術，都是由想子建構而成。

靈子
位於靈異現象次元的非物質粒子。雖然已經確認其存在，但是形態與功能尚未解析成功。
一般的魔法師，頂多只能「感覺到」活化狀態的靈子。

魔法師
「魔法技能師」的簡稱。能將魔法施展到實用等級的人，統稱為魔法技能師。

魔法式
用來暫時改變伴隨事物現象而來的情報之情報體。由魔法師持有的想子構築而成。

魔法演算領域

構築魔法式的精神領域，也就是魔法資質的主體。該處位於魔法師的潛意識領域，魔法師平常可以意識到魔法演算領域並且使用，卻無法意識到內部的處理過程。對魔法師本人來說，魔法演算領域也堪稱是個黑盒子。

魔法式的輸出程序

❶從CAD接收啟動式，這個步驟稱為「讀取啟動式」。
❷在啟動式加入變數，送入魔法演算領域。
❸依照啟動式與變數構築魔法式。
❹將構築完成的魔法式，傳送到潛意識領域最上層暨意識領域最底層的「基幹」，從意識與潛意識之間的「閘門」輸出到情報體次元。
❺輸出到情報體次元的魔法式，會干涉指定座標的個別情報體進行改寫。

「實用等級」魔法師的標準，是在施展單一系統暨單一工序的魔法時，於半秒內完成這些程序。

魔法的評價基準（魔法力）

構築想子情報體的速度是魔法的處理能力、
構築情報體的規模上限是魔法的容納能力、
魔法式改寫個別情報體的強度是魔法的干涉能力，
這三項能力總稱為魔法力。

始源碼假說

主張「加速、加重、移動、振動、聚合、發散、吸收、釋放」四大系統八大種類的魔法，各自擁有正向與負向共計十六種基礎魔法式，以這十六種魔法式搭配組合，就能構築所有系統魔法的理論。

系統魔法

歸類為四大系統八大種類的魔法。

系統外魔法

並非操作物質現象，而是操作精神現象的魔法統稱。
從使喚靈異存在的神靈魔法、精靈魔法，或是讀心、靈魂出竅、意識操控等，包括的種類琳琅滿目。

十師族

日本最強的魔法師集團。一条、一之倉、一色、二木、二階堂、二瓶、三矢、三日月、四葉、五輪、五頭、五味、六塚、六角、六鄉、六本木、七草、七寶、七夕、七瀨、八代、八朔、八幡、九島、九鬼、九頭見、十文字、十山共二十八個家系，每四年召開一次「十師族甄選會議」，選出的十個家系就稱為「十師族」。

含數家系

如同「十師族」的姓氏有一到十的數字，「百家」之中的主流家系姓氏也有十一以上的數字，例如「『千』代田」、「『五十』里」、「『千』葉」家。
數字大小不代表實力強弱，但姓氏有數字就代表血統純正，可以作為推測魔法師實力的依據之一。

失數家系

亦被簡稱「失數」，是「數字」遭受剝奪的魔法師族群。
昔日魔法師被視為兵器暨實驗樣本的時候，評定為「成功案例」得到數字姓氏的魔法師，要是沒有立下「成功案例」應有的成績，就得接受這樣的烙印。

各式各樣的魔法

● 悲嘆冥河
凍結精神的系統外魔法。凍結的精神無法命令肉體死亡，
中了這個魔法的對象，肉體將會隨著精神的「靜止」而停止、僵硬。
依照觀測，精神與肉體的相互作用，也可能導致部分肉體結晶化。

● 地鳴
以獨立情報體「精靈」為媒介振動地面的古式魔法。

● 術式解散
把建構魔法的魔法式，分解為構造無意義的想子粒子群的魔法。
魔法式作用於伴隨事象而來的情報體，基於這種性質，魔法式的情報結構一定會曝光，無法防止外力進行干涉。

● 術式解體
將想子粒子群壓縮成塊，不經由情報體次元直接射向目標物引爆，摧毀目標物的啟動式或魔法式這種紀錄魔法的想子情報體，屬於無系統魔法。
即使歸類為魔法，但只是一種想子砲彈，結構不包含改變事象的魔法式，因此不受情報強化或領域干涉的影響。此外，砲彈本身的壓力也足以反彈演算干擾的影響。由於完全沒有物理作用力，任何障礙物都無法防堵。

● 地雷原
泥土、岩石、砂子、水泥，不拘任何材質，
總之只要是具備「地面」概念的固體，就能施以強力振動的魔法。

● 地裂
由獨立情報體「精靈」為媒介，以線形壓潰地面，
使地面乍看之下彷彿裂開的魔法。

● 乾冰雹暴
聚集空氣中的二氧化碳製作成乾冰粒，
將凍結過程剩餘的熱能轉換為動能，高速射出乾冰粒的魔法。

● 迅襲雷蛇
在「乾冰雹暴」製造乾冰顆粒時，凝結乾冰氣化產生的水蒸氣，
溶入二氧化碳氣體使其形成高導電霧，再以振動系與釋放系魔法產生摩擦靜電。以溶入碳酸的水霧或水滴為導線，朝對方施展電擊的組合魔法。

● 冰霧神域
振動減速系廣域魔法。冷卻大容積的空氣並操縱其移動，
造成廣範圍的凍結效果。
簡單來說，就像是製造超大冰箱一樣。
發動時產生的白霧，是在空中凍結的冰或乾冰。
但要是提升層級，有時也會混入凝結為液態氮的霧。

● 爆裂
將目標物內部液體氣化的發散系魔法。
如果是生物就是體液氣化導致身體破裂，
如果是以內燃機為動力的機械就是燃料氣化爆炸。
燃料電池也不例外。即使沒有搭載可燃的燃料，無論是電池液、油壓液、冷卻液或潤滑液，世間沒有機械不搭載任何液體，因此只要「爆裂」發動，幾乎所有機械都會毀損而停止運作。

● 亂髮
不是指定角度改變風向，而是為了造成「絆腳」的含糊結果操作氣流，以極接近地面的氣流促使草葉纏住對方雙腳的古式魔法。只能在草長得夠高的原野使用。

魔法劍

使用魔法的戰鬥方式，除了以魔法本身為武器作戰，還有以魔法強化、操作武器的技術。
以魔法配合槍、弓箭等射擊武器的術式為主流，不過在日本，劍技與魔法組合而成的「劍術」也很發達。
現代魔法與古式魔法兩種領域，都開發出堪稱「魔法劍」的專用魔法。

1.高頻刃

高速振動刀身，接觸物體時傳導超越分子結合力的振動，將固體局部液化之後斬斷的魔法。和防止刀身自我毀壞的術式配套使用。

2.壓斬

使劍尖朝揮砍方向的水平兩側產生排斥力，將劍刃接觸的物體像是左右推壓般割斷的魔法。排斥力場細得未滿一公釐，強度卻足以影響光波，因此從正面看劍尖是一條黑線。

3.童子斬

被視為源氏祕劍而相傳至今的古式魔法。遙控兩把刀再加上手上的刀，以三把刀包圍對手並同時砍下的魔法劍技。以同音的「童子斬」隱藏原本「同時斬」的意義。

4.斬鐵

千葉一門的祕劍。不是將刀視為鋼塊或鐵塊，而是定義為「刀」這種單一概念，依循魔法式所設定的刀路而動的移動系統魔法。被定義為單一概念的「刀」如同單分子結晶之刃，不會折斷、彎曲或缺角，將會沿著刀路劈開所有物體。

5.迅雷斬鐵

以專用武裝演算裝置「雷丸」施展的「斬鐵」進化型。將刀與劍士定義為單一集合概念，因此從接觸敵人到出招的一連串動作，都能毫無誤差地高速執行。

6.山怒濤

以全長一八〇公分的大型專用武器「大蛇丸」所施展的千葉一門的祕劍。將己身與刀的慣性減低到極限並高速接近對手，在交鋒瞬間將至今消除的慣性疊加，提升刀身慣性後砍向對方。這股偽造的慣性質量和助跑距離成正比，最高可達十噸。

7.薄翼蜻蜓

將奈米碳管編織為厚度十億分之五公尺的極致薄膜，再以硬化魔法固定為全平面而化為刀刃的魔法。薄翼蜻蜓製成的刀身比任何刀劍或剃刀都要銳利，但術式不支援揮刀動作，因此術士必須具備足夠的刀劍造詣與臂力。

魔法技能師開發研究所

西元二〇三〇年代，日本政府因應第三次世界大戰當前而緊張化的國際情勢，接連設立開發魔法師的研究所。研究目的不是開發魔法，始終是開發魔法師，為了製造出最適合使用所需魔法的魔法師，基因改造也在研究範圍。

魔法技能師開發研究所設立了第一至第十共十所，至今依然有五所運作中。

各研究所的細節如下所述：

魔法技能師開發第一研究所

二〇三一年設立於金澤市，現在已關閉。

開發主題是進行對人戰鬥時直接干涉生物體的魔法。氣化魔法「爆裂」是衍生形態之一。不過，操作人體動作的魔法可能會引發傀儡攻擊（操作他人進行的自殺式恐怖攻擊），因此禁止研發。

魔法技能師開發第二研究所

二〇三一年設立於淡路島，運作中。

和第一研的主題成對，開發的魔法是干涉無機物的魔法。尤其是關於氧化還原反應的吸收系魔法。

魔法技能師開發第三研究所

二〇三二年設立於厚木市，運作中。

目的是開發出能獨力應付各種狀況的魔法師，致力於多重演算的研究。尤其竭力實驗測試可以同時發動、連續發動的魔法數量極限，開發可以同時發動複數魔法的魔法師。

魔法技能師開發第四研究所

詳情不明，推測位於前東京都與前山梨縣的界線附近，設立時間則估計是二〇三三年。現在宣稱已經關閉，而實際狀況也不明。只有前第四研不是由政府，是對國家具備強大影響力的贊助者設立。傳聞現在該研究所從國家獨立出來，接受贊助者的支援繼續運作，也傳聞該贊助者實際上從二〇二〇年代之前就經營著該研究所。

據說其研究目標是試圖利用精神干涉魔法，強化「魔法」這種特異能力的源泉，也就是魔法師潛意識領域的魔法演算領域。

魔法技能師開發第五研究所

二〇三五年設立於四國的宇和島市，運作中。

研究的是干涉物質形狀的魔法。主流研究是技術難度較低的流體控制，但也成功研究出干涉固體形狀的魔法。其成果就是和USNA共同開發的「巴哈姆特」。加上流體干涉魔法「深淵」，該研究所開發出兩個戰略級魔法，是國際聞名的魔法研究機構。

魔法技能師開發第六研究所

二〇三五年設立於仙台市，運作中。

研究如何以魔法控制熱量。和第八研同樣偏向是基礎研究機構，相對的缺乏軍事色彩。不過除了第四研，據說在魔法技能師開發研究所之中，第六研進行基因改造實驗的次數最多（第四研實際狀況不明）。

魔法技能師開發第七研究所

二〇三六年設立於東京，現在已關閉。

主要開發反集團戰鬥用的魔法，群體控制魔法為其成果。第六研的軍事色彩不強，促使第七研成為兼任戰時首都防衛工作的魔法師開發研究設施。

魔法技能師開發第八研究所

二〇三七年設立於北九州市，運作中。

研究如何以魔法操作重力、電磁力與各種強弱不同的交互作用力。基礎研究機構的色彩比第六研更濃厚，但是和國防軍關係密切，這一點和第六研不同。部分原因在於第八研的研究內容很容易連結到核武開發，在國防軍的保證之下，才免於被質疑暗中開發核武。

魔法技能師開發第九研究所

二〇三七年設立於奈良市，現在已關閉。

研究如何將現代魔法與古式魔法融合，試圖藉由讓現代魔法吸收古式魔法的相關知識，解決現代魔法不擅長的各種課題（例如模糊不明確的術式操作）。

魔法技能師開發第十研究所

二〇三九年設立於東京，現在已關閉。

和第七研同樣兼具防衛首都的目的，研究如何在空間產生虛擬結構物的領域魔法，作為遭遇高火力攻擊的防禦手段。各式各樣的反物理護壁魔法為其成果。

此外，第十研試圖使用不同於第四研的手段激發魔法能力。具體來說，他們致力開發的魔法師並非強化魔法演算領域本身，而是能讓魔法演算領域暫時超頻，因應需求使用強力的魔法。但是成功與否並未公開。

除了上述十間研究所，開發元素家系的研究所從二〇一〇年代運作到二〇二〇年代，但現今全部關閉。此外，國防軍在二〇〇二年設立直屬於陸軍總司令部的秘密研究機構，至今依然獨自進行研究。九島烈加入第九研之前，都在這個研究機構接受強化處置。

戰略級魔法師——十三使徒

現代魔法是在高度科技之中培育而成，因此能開發強力軍事魔法的國家有限，導致只有少數國家能開發匹敵大規模破壞兵器的戰略級魔法。

不過，開發成功的魔法會提供給同盟國，高度適合使用戰略級魔法的同盟國魔法師，也可能被認證為戰略級魔法師。

在2095年4月，各國認定適合使用戰略級魔法，並且對外公開身分的魔法師共十三名。他們被稱為「十三使徒」，公認是世界軍事平衡的重要因素。

十三使徒的國籍、姓名與戰略級魔法名稱如下所述：

USNA

安吉．希利鄔斯：「重金屬爆散」
艾里歐特．米勒：「利維坦」
羅蘭．巴特：「利維坦」
※其中只有安吉．希利鄔斯任職於STARS。艾里歐特．米勒位於阿拉斯加基地，羅蘭．巴特位於國外的直布羅陀基地，兩人基本上不會出動。

新蘇維埃聯邦

伊果．安德烈維齊．貝佐布拉佐夫：
「水霧炸彈」
列昂尼德．肯德拉切科：
「大地紅軍」
※肯德拉切科年事已高，基本上不會離開黑海基地。

大亞細亞聯盟

劉雲德：「霹靂塔」
※劉雲德已於2095年10月31日的對日戰鬥中戰死。

印度、波斯聯邦

巴拉特．錢德勒．坎恩：
「神焰沉爆」

日本

五輪 澪：「深淵」

巴西

米吉爾．迪亞斯：「同步線性融合」
※魔法式為USNA提供。

英國

威廉．馬克羅德：「臭氧循環」

德國

卡拉．施米特：「臭氧循環」
※臭氧循環的原型，是分裂前的歐盟因應臭氧層破洞而共同研發的魔法。後來由英國完成，依照協定向前歐盟各國公開魔法式。

土耳其

阿里．夏亨：「巴哈姆特」
※魔法式為USNA與日本所共同開發完成，由日本主導提供。

泰國

梭姆．查伊．班納克：「神焰沉爆」
※魔法式為印度、波斯聯邦提供。

The International Situation

2096年現在的世界情勢

以全球寒冷化為直接契機的第三次世界大戰──二十年世界連續戰爭大幅改寫了世界地圖。世界現狀如下所述：

USA合併加拿大以及墨西哥到巴拿馬等各國，組成北美利堅大陸合眾國（USNA）。

俄羅斯再度吸收烏克蘭與白俄羅斯，組成新蘇維埃聯邦（新蘇聯）。

中國征服緬甸北部、越南北部、寮國北部以及朝鮮半島，組成大亞細亞聯盟（大亞聯盟）。

印度與伊朗併吞中亞各國（土庫曼、烏茲別克、塔吉克、阿富汗）以及南亞各國（巴基斯坦、尼泊爾、不丹、孟加拉、斯里蘭卡），組成印度、波斯聯邦。

亞洲阿拉伯其餘國家，分區締結軍事同盟，對抗新蘇聯、大亞聯盟以及印度、波斯聯邦三大國。

澳洲選擇實質鎖國。

歐洲整合失敗，以德國與法國為界分裂為東西兩側。東歐與西歐也沒能各自整合為單一國家，團結力甚至不如戰前。

非洲各國半數完全消滅，倖存的國家也只能勉強維持都市周邊的統治權。

南美除了巴西，都處於地方政府各自為政的小國分立狀態。

The irregular at magic high school

二〇九七年六月九日，星期日清晨。

正確時刻是上午五點六分。

伊豆半島中央稍微偏東的高原地帶，遭受大規模魔法的轟炸攻擊。

該魔法攻擊推測是新蘇維埃聯邦的國家公認戰略級魔法師——伊果．安德烈維齊．貝佐布拉佐夫的戰略級魔法「水霧炸彈」，造成民間別墅二十七戶全毀或半毀，幸好無人喪命，卻有十一人受到輕重傷。

比起爆炸的規模，被害程度相對較小，這是因為該地區房屋稀少，加上正值淡季，所以利用的遊客不多，傷者都是從事別墅管理工作的職員。

話是這麼說，但國土暴露在不當攻擊之下，國民的身體與財產遭受威脅，這是毋庸置疑的事實。

日本政府當天向國際社會表明，除了對無法確定真實身分的攻擊者提出嚴正抗議，也在沒指定國家的狀況下要求交出凶手。

此外，即使完全是偷襲，而且是在天剛亮的時段，國防陸軍也從地面近距離拍攝到這場攻擊的樣貌。

這段影片是不當先制攻擊的確切證據，同時也令人懷疑日本軍即使事先察知偷襲，卻為了當成外交上的交涉籌碼而對國民見死不救。

也有記者大膽拿這個疑惑正面詢問國防軍發言人，但國防軍理所當然般一口駁斥這個「找碴的說法」無憑無據。

看見倒在飯廳地上的水波，深雪尖叫站著不動，但她被恐慌支配的時間極短。她依然陷入恐慌，但是身體不再僵硬。

「水波！」

深雪跑到倒地的水波身旁跪下。琵庫希已經在水波旁邊，手指壓住她的手腕把脈。深雪坐在另一側，將手舉到水波鼻子前方。

狼狽的神色稍微消退，大概是因為確認水波還有呼吸吧。不過，舉起的手一碰觸到水波的脖子，深雪就臉色蒼白。

「好冰……脈搏也很弱……哥哥！」

深雪仰望達也，以眼神央求。

在昔日沒能看著穗波嚥下最後一口氣的深雪眼中，水波的模樣和穗波重疊。

「琵庫希，水波的狀況怎麼樣？」

達也同樣難掩焦躁。詢問琵庫希的聲音粗暴到不必要的程度。

『沒有外傷，但是體溫、血壓、脈搏數都在危險等級。主人，她這樣下去可能衰弱而死。』

大概是感受到達也的焦躁，琵庫希不是以機械語音，而是以心電感應回答。達也禁止琵庫希未經允許使用心電感應，但他現在沒責備這一點。

現在不是把這種事情視為問題的時候。

達也左手朝向水波。

手上沒握ＣＡＤ。

右手就這麼握著剛才使用「雲消霧散」迎擊的大型手槍造型ＣＡＤ「三尖戟」，但是在時間上沒有餘力以左手抓起「重組」用的ＣＡＤ，在心理上也沒有餘力去拿「重組」用的儲存裝置。

達也只靠自己的能力發動「重組」。

情報體復元魔法「重組」，是回溯情報體的變更履歷，複製任意狀態（大多是沒有劣化或損傷時的狀態）的情報體，覆寫在現在情報體的魔法。

事象伴隨著情報。情報被改寫的事象，會依照該情報變化。

改寫情報，改變事象。這就是現代的「魔法」。

事象情報——「情報體」具備修復力，被改寫的假情報體會隨著時間經過，逐漸修正為原本的情報體，所以魔法造成的改變不會永續。

但是「過去的情報體」確實是記述該事象本身的情報體。只要情報沒有矛盾，情報體就不會進行修復。只不過，時間經過造成的內在變化會被調整保留下來。

情報體被改寫成己身過去情報的物體，是以「從該時間點就不再受到外力作用，只有時間經過的狀態」固定到現在。事象沿著己身固有的時間軸回溯，世界從過去的某個時間點，只以該事象為對象進行覆寫更改。

達也的「重組」不像一般魔法變更因果的「果」，而是變更「因」藉以改變「果」。

回溯固有時間，世界限定更改的這個魔法瞄準水波。

——讀取水波的肉體情報，回溯變更履歷。

找不到衰弱的原因。

——讀取水波肉體隨附的想子情報體本身，回溯變更履歷。

還是找不到衰弱的原因。

達也更深入連結「櫻井水波」這名少女的情報。

——讀取將水波肉體與精神連結的想子情報體構造，回溯變更履歷。

這對以前的達也來說很難。

五年前的夏天，穗波命危的那時候，他做不到。

即使是比那年夏天更加成長的半年前甚至一個月前，恐怕也做不到。

既然是想子情報體，達也就可以進行存取。

只不過，即使可以讀取概略的情報，要完全讀取構造情報也很難。

但是現在的達也做得到。

完全解除「誓約」之後，達也取回真正的力量。產生的變化並非僅止於能夠自由使用「質量爆散」。

情報體復元魔法「重組」的對應領域也更廣。直接連結精神的想子情報體「幽體」的構造情報，以他至今的能力無法進行回溯與複製，但是現在做得到了。

即使如此，還是找不到水波衰弱的基本原因。

看得見幽體構造各處出現破綻。

情報出現局部缺損，所以好幾個位置是破洞狀態。

但這不是衰弱的原因，是結果。是想子情報體修復能力衰弱造成的侵蝕。

即使修復這些破洞，只要原本的修復力沒回復，就不是治本的治療。

不過，要是任憑精神附隨的情報體破損，肉體隨附的情報體將反覆破損，導致肉體受損程度愈來愈嚴重。

幽體會將精神的命令傳達給肉體。

破損的幽體，會將「正在破損」這個情報傳達給肉體。

肉體會誤以為精神下令毀壞。

這麼做的結果，即使肉體在物質層面沒損壞，也只能發揮等同於損壞狀態的性能。

雖然只是急救，但就算只是權宜之計也必須急救，否則會演變成決定性的惡化。

因此，達也以「重組」將水波的想子情報體復元。

肉體隨附的想子情報體，以及將肉體與精神連結的想子情報體構造，以遭受攻擊前的構造情報改寫。

被覆寫的過去情報，會自動依照時間的經過進行調整，固定在現在。

『體溫回復到攝氏三十五度。血壓與心跳數都脫離危險範圍。』

琵庫希以心電感應告知症狀改善。

但是水波的意識沒有回復的徵兆。

「琵庫希，拿被褥過來讓水波躺。」

『遵命，主人。』

「深雪將水波周圍加溫到水波現在的體溫。」

「知道了！」

受到琵庫希控制的家庭自動化機器人開始行動，深雪以魔法干涉地板與空氣。

達也沒確認這些結果就跑到電話機前面。

不是打一一九。是打給四葉本家。

『達也大人，請問怎麼了？』

即是是清晨，葉山依然以一絲不苟的服裝出現在畫面上。

反觀達也還穿著睡衣。

但是達也沒有餘力在意這種事，葉山也沒責備。

「抱歉穿這個樣子打擾。」

但達也依然姑且以此做為開場白再進入正題。

「別墅剛才遭受遠距離魔法的攻擊。使用的魔法推測是『水霧炸彈』。」

葉山眉頭頓時上揚。

他表現的驚訝僅止於此。

『請問有受到損害嗎？』

葉山以不慌不忙又傳達適度緊張感的聲音詢問。

「在下和深雪毫髮無傷，但水波推測因為魔法演算領域過熱而病倒。已經急救完成，不過需要專業的治療。」

聽到「魔法演算領域過熱」這段話，葉山的臉色稍微改變。葉山只在極短時間露出內心的慌張，但推定是前前任當家——四葉元造死因的「魔法演算領域過熱」，果然是四葉家重臣無法忽視的問題。

『……知道了。這邊會安排住院。屬下會派兵庫去接你們，請稍待。』

「麻煩您了。」

完成目的之後，達也結束通話。

達也暫住的別墅周圍，架設半徑長達一公里左右的結界。是來自四葉分家津久家的精神干涉魔法力場。

不管是不是魔法師，對精神干涉魔法沒抗性的人類，都會下意識避開這個驅人魔法陣。若有人跨越這道心理防壁入侵內部，該魔法陣也兼具對人感應器的功能，可以即時通知術士。

不過，結界內部從昨天深夜就停著一輛特殊車。搭載可變阻尼懸吊系統的迷彩裝甲車。一眼就看得出是國防陸軍的軍用車，但是津久葉家的術士沒察覺。不只如此，這輛車明明肯定是從公路開過來，卻沒有市民在社群網站討論這件事。

可變阻尼懸吊系統下降到極限，以幾乎貼地的狀態承受「水霧炸彈」爆風的裝甲車上，坐著四名軍人。

「……想子感應器沒有新的反應。遠距離魔法的攻擊應該已經結束。」

其中一人向坐在副駕駛座的指揮官如此報告。

「這樣啊。」

副駕駛座的指揮官——國防陸軍一〇一旅獨立魔裝大隊隊長風間中校，沒轉頭就回應這名從大隊挑選出來的部下。

風間並不是在擺架子偷懶。考量到他身為隊長的立場與階級，他擺出這種態度也不奇怪，但他不回頭是因為正在忙。

風間雙眼半閉，雙手結印挺直背脊，已經維持這個姿勢動也不動數個小時。不是從裝甲車停好開始，在行駛時也一直如此。如同車身的晃動只沒有傳導給風間，他的上半身從心窩以上，總是和地球的重力維持垂直角度。

裝甲車沒觸動津久葉家的結界，是風間的法術使然。

認知阻礙魔法，天狗術「簑隱」。

明明看見卻沒看見。

明明聽到卻沒聽到。

不是阻絕或擾亂光線或音波，是干涉意識讓對方認定「不在那裡」的魔法。

津久葉家設置偵測入侵者的結界，風間以不讓術士認知到這邊碰觸結界的魔法對抗。

裝甲車的存在沒被察覺，無疑是因為風間的天狗術勝過津久葉家的結界。

風間全神貫注動也不動，是因為光是對抗津久葉家的結界就沒餘力做其他事。這意味著即使以別名「大天狗」的風間實力，也不容易對抗四葉的術士。

「撤收。」

「收到。觀測完畢，準備撤收。」

接到風間的簡短命令，駕駛座的軍官轉身向後傳達指示。

各隊員從自己負責的觀測機器取出記錄資料的媒體，收進保護盒。將機器切換為休眠狀態的兩名士官接連回報「撤收準備完畢」。

「車身上升。」

坐在駕駛座的軍官這麼說的同時，懸吊系統抬起裝甲車。底盤下降到幾乎貼著地面停放的裝甲車，切換為越野行駛模式。

「發車準備完畢。」

軍官請示風間讓裝甲車起步。

「唔？等等。」

風間沒准許發車。

他就這麼雙手結印，睜開半閉的雙眼。

緊接著，裝甲車的外部收音裝置，捕捉到接近這裡的馬達聲。

達也暫住的別墅周圍，架設不讓外人接近的結界。控制該結界的小屋，由四葉分家津久葉家的術士輪流進駐。這天，津久葉家下任當家夕歌駐守在這間小屋，單純是輪班的結果。

雖然這麼說，但津久葉家不認為這項任務緊急到必須讓繼承家業的女兒通宵值班。因為強烈魔法波動被迫清醒的夕歌，就這麼以睡衣加罩袍的剛起床服裝衝進儀式室。

「報告損害狀況！」

下任當家過於輕便的穿著，令年輕男術士表情僵住。夕歌服裝完全沒裸露，所以應該是「夢想幻滅」之類的動搖吧。

「推測地面部分接近全毀。」

不過，他確實回答夕歌的問題。

此外，他們之所以能冷靜對話，是因為寢室與儀式室都建造在地下。這間監視小屋（不是用來監視別墅，是監視接近別墅的人）地下部分才是主體，地面部分是偽裝。

「原因呢？」

夕歌是被魔法的波動打醒。不必詢問發生什麼事，她也猜得出端倪。不過考慮到極低機率可能是自己睡昏頭，所以如此詢問。

「是極強力遠距離魔法的攻擊。推測是上空發生爆炸，將衝擊波集束而成。」

「將衝擊波集束？以魔法？」

「不，看來是預先控制，讓爆炸本身成為這種結果。」

「這樣啊……」

老實說，夕歌不太能理解其中的構造。

不過，兼具此等威力與控制精度的魔法為何，她心裡有底。

「是『水霧炸彈』嗎？」

「恐怕是。」

部下術士也持相同意見。

「達也與深雪呢？」

「別墅沒受損。他們兩位應該平安無事。」

怪的。

夕歌聽完疑惑蹙眉。

不是對於「達也與深雪沒受害」這個推測感到不對勁，是對「別墅沒受損」這個報告覺得怪的。

「……衝擊波的焦點是達也的別墅吧？」

「看來是強力的魔法護盾擋住衝擊波。」

「……千穗小姐，妳覺得呢？」

夕歌詢問新配屬在自己身旁擔任守護者的女魔法師。

「應該是水波小姐盡到職責吧。」

夕歌的新守護者櫻崎千穗毫不猶豫回以明確的答覆。

她也是調整體「櫻」系列的一人。根源的受精卵和櫻井穗波、櫻井水波不同，也就是不同血統的第二世代。年齡比水波大八歲，以魔法師來說不起眼，外表乍看是「平凡上班族」。

千歲擅長的魔法也依循「櫻」系列的調整方針，是反物資的耐熱防禦盾。最拿手的是防禦固體與熱能，不過只要是物理的物體或能量都能廣泛防禦。

敵方衝擊波如果是被散射，就可能來自達也的分解魔法；如果是被衰減，就可能是來自深雪的振動減速系魔法，不過如果是以魔法護盾擋下，就是和自己擅長相同魔法的水波建功——千穗這麼推理是理所當然又符合邏輯。

「妳也做得到嗎？」

夕歌問得毫不客氣，但千穗看起來不以為意。

「應該做得到。只不過……」

「只不過……什麼？」

千穗支支吾吾的時間只有一點點。

「只不過，我沒自信在那之後也能堅守崗位。承受那種威力之後，應該會因為魔法演算領域過熱而倒下。」

夕歌臉色大變。她在四葉一族之中也特別精通魔法演算領域的損傷，算是專家與一種醫師。即使對方是別人的護衛，要是被點出演算領域受到重創的可能性，她可不能視而不見。

「我五分鐘就準備好，陪我去一趟。」

「要幫您嗎？」

千穗看夕歌的現狀，判斷很難在五分鐘內準備完畢。

「不必。」

夕歌表示這是多管閒事般拒絕，回到寢室。

和主人不同，一直身穿筆挺褲裝的千歲，前往車庫以便隨時出發。

地面的車庫因為爆風而全毀，不過刻意設計得簡樸反而建功，車子沒被埋在底下。

看起來是市售的ＳＵＶ，實際上是具備裝甲車等級防禦力的越野車。夕歌上車之後，像是現在才想到般確認結界狀態。

「咦？」

「怎麼了？」

夕歌不禁叫出聲。按下馬達啟動鍵，正準備放下手煞車的千穗，停止動作詢問原因。

「有人入侵……？」

「沒觸動結界？」

千穗冷靜的語氣，讓夕歌掙脫慌張。

「是的，對方是可怕的高手。雖然也擔心水波，但是以這邊為優先。」

千穗沒對夕歌的判斷提出異議。

「要命令所有人緊急出動。」

相對的，她間接提議應該以這邊的所有人對抗。

「嗯，拜託了。我們先去。」

夕歌理解千穗的意圖，卻沒聽她的建議。

「遵命。」

千穗沒違抗夕歌的命令。

越野車朝著夕歌指示的方向起步。無論入侵結界的是誰，自己的護壁魔法好歹能撐到自己人趕過來。千歲大概是如此自負吧。

入侵者位於以別墅為中心，順時針九十度的位置。

「是陸軍的裝甲車。」

看見迷彩塗裝的銳角輪廓，千穗如此斷定。夕歌不像千穗那麼熟悉車輛種類，不過即使是她也一眼就看出那輛車是軍用特殊車。

「和對方談談。停在他們前面。」

千穗依照夕歌的指示，將越野車停在擋住裝甲車前進路線的位置。

「屬下認為等援軍過來比較好。」

「……也對。」

這次夕歌接受千穗的建言，留在車內。

◇◇◇

比較小型的ＳＵＶ停在裝甲車前方，駕駛座的軍官見狀看向風間尋求指示。

風間解除結印，朝車門開關伸手。

「隊長？」

「全員在車上待命。禁止任何讓對方誤會這邊有敵對意願的行為。」

風間叮嚀部下之後，走下裝甲車。

他在下車的位置看向ＳＵＶ。由於他注意讓自己的動作淺顯易懂，所以對方肯定也知道他正在看。

風間沒主動繼續行動，靜觀對方車上的變化，但遲遲得不到反應。

風間立刻察覺原因。

現在所在的位置比較開闊。這次是來記錄達也所在別墅遭受的攻擊，才選擇這個地形，不過樹木依然到處阻擋視線。

有人聚集在這些死角。

總共十一人。依照風間的感覺，都是相當高明的魔法師。

ＳＵＶ的駕駛座與副駕駛座車門同時開啟。大概是援軍就此到齊吧。風間如此判斷。

「我是津久葉夕歌。尊四葉家為本家的津久葉家長女。」

從副駕駛座下車的年輕女性，以嘹亮的聲音對風間說。雙方距離超過五公尺，但即使在起風的戶外也聽得清楚。

「看來您是國防陸軍一〇一旅，獨立魔裝大隊的風間中校。」

身分被說中，風間並不驚訝。如果對方身分如她自己所說，那她認識風間也不奇怪。

「沒錯。本官是國防陸軍中校風間。」

風間在裝甲車旁邊動也不動如此回應。他認為對方不希望他接近到伸手可及的範圍。

然而一反他的預料，夕歌主動走向風間。

風間也立刻回應。

當然是因為對方表現友好態度，但是不只如此。讓二十歲出頭的年輕女性走到部下搭乘的裝甲車旁邊，他擔心自己看起來可能沒什麼膽量。

從駕駛座下車的女性，緊跟在夕歌後方。大概是護衛吧。之所以沒站在夕歌前方，風間推測是因為她對防禦魔法有自信。

（「守護者」嗎？看來實力高深。）

關於四葉家的「守護者」，風間從達也那裡略知一二。夕歌身後推測是護衛的女性身上纏繞某種氣息，令風間察覺她是「守護者」。

「風間中校，您或許不知道，這裡是四葉家的私有地。」

風間將注意力轉移到守護者女性——千穗的短暫時間，夕歌接近到能夠正常對話的距離。

「嚴格來說，是四葉家旗下不動產公司持有的土地，不過現在應該不重要。請問國防軍在私有地做什麼？還帶了這種東西過來。」

夕歌看著裝甲車問。

正如預料的詢問，使得風間苦惱該如何回答。他沒想過會被發現，所以沒準備說詞。

昨天與今天是夕歌輪值的日子，這對風間來說是一種不幸。如果是其他的術士，就不會看穿他的「簑隱」。

然而事實上，夕歌發現他們入侵。風間沒有驕傲自滿的意思，但果然在某方面掉以輕心吧。

他在腦海一角刻上自戒之念。

「不好意思，軍事機密無可奉告。」

到最後，風間擠不出巧妙的藉口，只能對「一般民眾」打出這張鬼牌。

「您說的『軍事機密』，是指事先察知外國將針對一般民眾發動攻擊嗎？」

但是夕歌的個性可沒老實到會被「軍事機密」這種字眼嚇到。

「那輛裝甲車……是用來收集情報的裝備對吧？」

夕歌說著轉身看向後方的千穗。

「是的。看來是設計為偵查用的規格。」

千穗回應的話語不是肯定句，但語氣等同於肯定。

「請兩位別誤會。我們沒有和四葉家敵對的意思。」

風間表面上絲毫不慌張，將句子裡的「一般民眾」換成「四葉家」回應夕歌。

「意思是四葉家不是一般民眾？」

夕歌立刻追問風間暗示的部分。

不過，這個回應正中風間的下懷。

「先不提形式上，實質上並非完全沒有戰鬥能力吧？」

「……公僕重視的不就是形式嗎？」

雖然回嘴，卻產生短暫的延遲。證明夕歌無法否定風間的論點。

「以形式為由就能讓您接受嗎？」

風間以客氣的笑容問。夕歌語塞無法回答。

「比起這件事，我更想知道軍方是否早就預期到『水霧炸彈』的攻擊。」

這句反問不是來自夕歌。

從樹林暗處傳來的這個聲音，使得風間連忙轉身。他臉上浮現藏不住的慌張。

「達也……」

「達也表弟……」

風間與夕歌同時輕聲說出對方的名字。

「哥哥，怎麼了？」

在水波枕邊陪伴的深雪，敏銳感受到達也的緊張而抬頭。

目前水波身體狀況穩定。意識還沒恢復所以不容推測，不過接受達也的「重組」之後，已經不是分秒必爭的狀態。

為了迎接來送水波就醫的直升機，達也從睡衣換成便服。回到水波躺平的飯廳時，即使面露焦急神色，看起來也沒有特別緊張。

但他身上突然纏繞著警戒敵人的緊張感。

深雪不知道達也感覺到什麼動靜。

「風間中校來了。」

「風間中校嗎？我完全不曉得……」

「我也不曉得。」

深雪羞愧般低頭，達也安慰她說自己也一樣。

「好像是以夕歌表姊的魔法查出來的。」

「夕歌表姊也來了？」

達也沒察覺風間過來，深雪一副無法接受的樣子，但她好像更在意這件事。

「津久葉家的術士使用魔法不讓外人接近。應該是姨母大人的命令。」

「姨母大人她……」

真夜這麼吩咐簡直是在關心達也，深雪不知道該怎麼解釋，表情不只困惑還不知所措。

「我去見中校。深雪，水波拜託妳了。」

不過現在在這裡推測真夜真正的用意也沒意義。不只因為這麼做純粹是臆測，即使查明真相也沒用。在深雪踏入無意義的迷宮之前，達也讓她想起現在該做的事，將她的意識拉回來，然後如自己所說，走出別墅去見風間一面。

達也抵達目的地的時候，風間與夕歌正在進行問答。

津久葉家的術士察覺達也前來，達也以手勢要求安靜，然後和風景同化，聆聽風間與夕歌的爭論。

如果不是在應付夕歌，風間應該會察覺達也的存在。

如果不是在應付風間，夕歌應該會察覺達也的存在。

雙方都將彼此視為「不能掉以輕心的精神干涉系魔法師」，所以疏於注意其他地方。夕歌就算了，別名「大天狗」的風間算是犯下草率的疏失。雖然達也不知道，但是風間獨力持續欺瞞津久葉家結界累積不少疲勞肯定是原因之一。

『您說的「軍事機密」，是指事先察知外國將針對一般民眾發動攻擊嗎？』

夕歌這句指摘，在達也內心激起漣漪。

肯定是風間搭乘過來的那輛裝甲車，車上裝備的用途不是戰鬥，而是以收集情報為主。而且搭載的機器相當昂貴。直接思考的話，可以推測軍方這次出動，是期待今天能在這裡觀測到寶貴的資料。

如夕歌所說，國防軍事先就察知「水霧炸彈」的偷襲……？

對於達也來說，這是不能坐視的嫌疑。

『以形式為由就能讓您接受嗎？』

風間一臉得意地挑出語病，夕歌不知該如何反駁。

時間原本就不充裕。達也判斷不必繼續旁觀。

「比起這件事，我更想知道軍方是否早就預期到『水霧炸彈』的攻擊。」

達也解除隱身，從樹木暗處現身。

「達也……」

「達也表弟……」

風間與夕歌以驚訝表情迎接。

「風間中校，請回答。」

達也沒向風間敬禮。也省略一般的問候。

達也不願意因為進行友好的問候，導致自己的舌鋒變鈍。

「……剛才也對津久葉小姐說過，無可奉告。」

「換句話說，是肯定的嗎？」

「不予置評。」

達也將視線固定在風間身上，就這麼輕輕嘆氣。

「風間中校。我覺得中校對我有恩也有情義，所以不想這麼說。」

「…………」

「但是如果您預先警告，我就不會眼睜睜放任新蘇聯偷襲。」

「……遠距離魔法的偷襲，確定來自新蘇聯嗎？」

風間關心這一點也是當然的。

不過達也視為問題的是另一個重點。

「如果我回答根據，您也願意消除我的疑問嗎？」

風間認為剛才的攻擊來自新蘇聯戰略級魔法師，十三使徒貝佐布拉佐夫的「水霧炸彈」，但是不到確信的程度。

達也確信風間早就知道有人會使用遠距離魔法偷襲。

「……好吧。」

本次偷襲是由新蘇聯發動的根據。這份材料足以讓風間改變想法，認為執著於不被抓到話中把柄也沒有益處。

「用作偷襲的魔法，是從海參崴近郊的鐵路上發動的。」

「鐵路上？」

「推測是『水霧炸彈』的那個魔法，我讀取魔法使用者附帶的情報得出這個結果。」

「你捕捉到貝佐布拉佐夫？」

夕歌不禁插嘴。

「術士打倒了，但應該不是他。因為兩人都是女性。」

「女性？」

「兩人……未公開的戰略級魔法師嗎？」

夕歌驚聲說。

風間終究是立刻得出真相。

「我不認為貝佐布拉佐夫完全沒參與，但我看見的術士是那兩人。她們確定位於新蘇聯的遠東領土。」

「既然在鐵路上，就是新西伯利亞鐵路的軍用列車嗎？」

對於國防軍來說，這個情報具備重大意義。

發動「水霧炸彈」好像要使用占據一整個車廂的大型ＣＡＤ，這是以前就有的傳聞，但是這個說法沒有佐證。

而且宗谷海峽發動疑似是「水霧炸彈」的魔法時，也沒觀測到這種列車的移動。因此國防軍傷透腦筋，不知道究竟是「使用專用列車」這個情報有誤，還是當時的魔法並非「水霧炸彈」。

不過依照達也的證詞可以確認，用來發動「水霧炸彈」的專用車廂確實存在。

達也形容為「推測是『水霧炸彈』的魔法」，不過無論從威力或射程來說，剛才的魔法都肯定是「水霧炸彈」。如果不是，就代表新蘇聯擁有不同於「水霧炸彈」的超長射程高威力魔法。

不管是不是「水霧炸彈」，對日本造成威脅的這個魔法，已經確認是以專用列車發動。軍方擁有的觀測資源有限，如果釐清優先監視的對象，就能有效分配資源。

但是風間無法只沉浸在滿足感。

「中校，再來換您了。」

達也不是以獨立魔裝大隊成員的身分報告，不是以風間部下的身分報告。這是一場交易。

「國防軍早就知道今天早晨有人會偷襲這裡。是吧？」

「並不是早就知道。而且也沒能預測到日期時間。」

「換句話說，已經預測到這裡會遭到偷襲。為什麼？」

風間沒能立刻回答。這是關於軍方情蒐能力的問題。雖說達也是國防軍的半個自己人，不，正因為是自己人，所以風間一時不確定達也是否有權限知道這件事。

「國防軍——更正，佐伯閣下得到關於貝佐布拉佐夫動向的情報。應該是由此預測會以我為目標發動偷襲吧？」

達也不等風間回答，分毫不差地說中事實。

風間完全沒回答。看他答不出來，達也知道自己的推測是對的。

如果預先收到偷襲的警告，就不會演變成水波昏倒的事態。說起來根本不會讓水波與深雪來別墅。如果只有達也一人，即使著實挨了剛才的攻擊，也不會殘留任何傷害。

「別墅有傷患，所以我先回去了。」

達也嚥下這段怨言。因為發洩在風間身上也毫無意義。

「那麼，中校再見。夕歌表姊也是，我失陪了。」

「等一下，達也表弟。你說的傷患……是水波嗎？」

夕歌叫住達也的這句話，使得背對她的達也轉過身來。

「是的。看來夕歌表姊知道水波現在是什麼狀態。」

水波沒有可以形容為受傷的外傷。但是魔法演算領域——精神的潛意識領域受傷。達也基於這層意義，將水波形容為「傷患」，夕歌也理解這一點。

「得立刻送醫才行！要派我家的人幫忙嗎？」

夕歌連忙要求協助運送。即使早就猜到，她還是無法壓抑內心的慌張。

「本家已經安排直升機，差不多要抵達了……」

所以我必須回去。達也如此暗示。

「這……這樣嗎？那個……請保重。」

「謝謝。」

達也向夕歌微微低頭致意，這次真的背對兩人踏出腳步。

夕歌擔心地目送他的背影。

直到最後，風間都沒說出關心「傷患」的話語。

收容水波的醫院，就在調布的住家附近。

當然不是巧合。深雪搬去的調布大樓，是當成四葉家東京總部而建的，從一開始就考慮到傷病患的照顧。

達也和深雪一起回到新家所在的大樓。深雪表示想陪在水波身旁，但是主治醫師委婉拒絕。深雪下意識釋放的魔法力會妨礙治療。聽醫師這麼說的深雪也無法堅持己見。

「水波她沒事嗎……」

緊貼在達也身旁坐下的深雪，以藏不住不安的聲音低語。

她肯定也不想隱藏這份不安吧。

「我想，應該不會有生命危險。」

從達也口中得到和期待相近的話語，深雪臉上不安的神色稍微消退。

「……說得也是。哥哥使用了『重組』。不可能有什麼三長兩短。」

達也以洋溢迷惘的雙眼注視深雪。雖然不想煽動不安情緒，但他覺得以安慰的話語瞞騙深雪

也不夠誠實。

「……我進行的始終是急救，沒能讓她完全康復。」

先述說事實，然後在深雪的不安膨脹之前迅速補充說明。

「不過肯定已經避免肉體持續衰弱到致命等級。而且水波是第二世代。對自己魔法的抵抗力肯定比第一世代的穗波小姐強。」

「說得也是！」

深雪抬起低垂的頭。原本看著下方的雙眼，像是尋求依靠般捕捉達也的視線。

「透過世代相傳，魔法會逐漸固定在基因……這個傾向也適用於我們調整體吧？」

深雪自稱「調整體」，令達也感到抗拒。

「一般的調整體，第二世代會比第一世代穩定。雖然有少數例外，但肯定有這種傾向。」

調整體普遍缺乏生物的穩定性。可能突然衰弱而死，或是毫無徵兆猝死，至今記錄過不少類似的案例。

這方面的原因還沒有定論。不過已經提出幾個假設。達也認為其中最有力的假設，是「調整體的魔法是在解除精神限制器的狀態行使」的假設——「限制器不全論」。

依照這個說法，人類的精神原本沒有設計成能夠行使魔法。魔法演算領域並非魔法師固有，一般人類的精神都擁有該領域。但是行使魔法造成的負荷超越人類精神的容許極限，因此通常是

由潛意識領域具備的限制器進行百分之百的限制，換句話說就是完全凍結。

不過，極少數人的精神對魔法具備強大耐性，這種人的限制器會稍微解除，以百分之百的限制器設定成百分之九十九或百分之九十八的狀態誕生。

即使是百分之一或百分之二，相較於可使用容量為零的狀況，也會產生本質上的差異。就算一開始是百分之一，也能使用原本不可能使用的魔法。

和肌肉相同，魔法演算領域會因為使用而增加輸出。骨骼或肌腱會為了支撐強化的肌力而增加強度，同樣的，精神也會為了承受名為「魔法」的負荷而增強耐力。這是「限制器不全論」主張者的說法。不同於肉體的狀況，是先提升耐力，再解放魔法演算領域的限制器，同時強化輸出本身。

就像這樣，一般的魔法師使用魔法，天生對於行使魔法的耐力會逐漸提升，限制器的解放度也更高。不過「限制器不全論」主張調整體魔法師是以人工方式打造成能使用魔法的狀態，因此這個限制器沒發揮功能。

魔法演算領域原本應該隨著精神對於魔法的耐力提升而解放，卻從一開始就被解放。精神持續暴露在超越耐力的魔法負荷，最後終於破損，影響到肉體的生命活動。該假設以這種方式解釋調整體不穩定的生命力。

精神對於魔法的耐力，據說會當成後天獲得的性狀遺傳給後代。主張肉體後天性狀會遺傳的新拉馬克主義沒成為進化論的主流，不過在「魔法適應性」這個精神領域，「後天性狀的遺傳」最能完美解釋「魔法融入基因」這個被觀測到的現象。

堪稱「精神層面的拉馬克主義」的這個想法如果屬實，那麼「第一世代」踏上自滅之路獲得的魔法耐力，會遺傳給「第二世代」成為天生的能力。「第三世代」會從「第二世代」繼承更加強化的魔法耐力。

一切都只是假設。無從保證這是對的。

不過，比起「第一世代」的穗波，「第二世代」的水波具備了過度行使魔法的承受力。藉由這種想法，深雪心情上舒坦了些。

深雪臉上的悲壯感與罪惡感減少了。她抱持著頗為強烈的罪惡意識，認為水波這次是為了她而犧牲自己。

看見這樣的深雪，達也對她投以微笑。將擔憂藏在心裡。

深雪是調整體，這個事實令達也不悅。可以的話不想相信，卻沒有否定的根據。不是對於調整體抱持避諱或歧視，是因為想到深雪曾經被某人動手調整，即使是誕生前的事，達也依然覺得不高興。雖然達也沒意識到，但這可以說是一種獨占慾。

不過如果除去這種情感，接受深雪是調整體的這個事實，就不能無視於某個嚴重的隱憂。第一世代生命力缺乏穩定性的問題，是否真的如真夜所說已經克服？這份不安不容忽視。

若將真夜的說法套用在剛才的假設，那麼深雪雖然是調整體，但是限制器正常運作。或者是深雪天生的魔法耐力就很強，打從一開始就不需要限制器。

達也無從確認這一點。即使是完全擺脫封印的現在，他的能力也無法觸及精神領域。

所以，只能相信。

如果真夜對達也說的是謊言，深雪擁有調整體的缺陷……

而且，如果深雪背負調整體的宿命，被突如其來的死亡襲擊……

達也無法描繪在那之後的未來。

到時候，自己應該不會獨活吧。

到時候，達也沒自信只由自己承擔這一切。

關於這次的偷襲，日本政府還沒確認是哪個國家，就向國際社會表明抗議的意志。這是日本時間下午兩點的事。

不過ＵＳＮＡ幾乎即時得知日本伊豆半島遭受遠距離魔法攻擊的事實。

伊豆遭受攻擊的同一時刻，ＵＳＮＡ的偵察衛星偵測到遠東新蘇聯領地出現強力魔法反應。

不把這兩件事聯想在一起的人也太蠢了，或者說疑心病也太重了，ＵＳＮＡ的政府與軍方都沒有這種人。

而且數小時後，莉娜也得知這個事實。

位於ＵＳＮＡ墨西哥州的STARS總部，日期還在六月八日星期六。這天傍晚，在訓練結束後的會議上，包括莉娜的STARS幹部軍人都收到驚人的消息。

日本某處，而且不是離島或海面，是首都附近的某處，在當地時間的清晨遭受新蘇聯的戰略級魔法攻擊。

「此外，本次攻擊的目標，推測是日本新確定的戰略級魔法師司波達也。」

在簡報室告知這則新聞的人，是基地司令渥卡的副官，非魔法師的一名男性。

「司波達也的狀態呢？」

問這個問題的不是莉娜。她還處於強烈的打擊之中，無法有條有理地發問。向基地司令副官詢問達也安危的是卡諾普斯。

副官轉頭看向渥卡司令。

渥卡點頭示意。

「雖然詳情不明，不過平安無事的樣子。」

副官確認之後如此回答。

魔法師們的反應各有不同。

莉娜藏不住鬆一口氣的樣子。

卡諾普斯嚴肅緊閉雙唇，大概是在提防達也的報復。

艾克圖魯斯透露失望的神色，應該是因為暗殺任務沒有中止。

接下相同任務的貝格，露出無懼一切的笑容成為對比。

渥卡上校在這時候開口。

「參謀總部告知，我國在這次事件基本上站在不干涉的立場。各位應該沒機會對外發言，但是請記住這個吩咐。」

所有人出聲允諾。無法接受這個判斷的人並非只有莉娜，但他們都明白自己的立場。

「那麼，解散。」

渥卡說完，站在USNA頂點的十三名魔法師同時敬禮回應。

眾人從莉娜開始準備依序離開。

「艾克圖魯斯上尉，你留下。」

渥卡只叫住其中一人。

依照原則，STARS的作戰都要經過總隊長莉娜，不過跳過她下令的「例外」不算罕見。

莉娜自己「平常」也不太在意。

莉娜與另外十一名各部隊隊長加上副官都離開之後，簡報室只留下渥卡與艾克圖魯斯兩人。這個房間具備牢不可破的防諜系統。現在當然也正在運作。

「上尉，架設隔音力場。」

渥卡進一步命令艾克圖魯斯。

「是。」

艾克圖魯斯露出疑惑表情，依照命令隔離室內與室外的聲音。

「隔音力場架設完畢。」

沒有魔法天分的渥卡，無法親自確認艾克圖魯斯這句話是否屬實。即使如此，大概還是因而放心吧，他點頭回應「嗯」進入正題。

「上尉，那項實驗確定實施了。」

艾克圖魯斯臉上掠過緊張的神色。

「是微型黑洞實驗嗎？」

自己正在使用隔絕聲音的魔法，卻還是忍不住壓低音量。

「沒錯。地點和上次一樣，在達拉斯國立加速器研究所。時間是下週，六月十五日十一點。

貴官在STARS也是首屈一指的『月之魔法』使用者，即使寄生物出現，我想你也可以應付，不過有必要的話也讓第十一部隊出動吧？」

美軍將精神干涉系魔法稱為「月之魔法（Lunar Magic）」。艾克圖魯斯能使用強力的精神干涉系魔法。

但是艾克圖魯斯缺乏將這種魔法用在實戰的經驗。

他繼承相當純正的北美大陸原住民血統。他的奶奶是如今幾乎已經絕跡的純正血統原住民巫師。他的精神干涉系魔法天分，推測就是繼承自這位奶奶。

雖然原本不該如此，但他因為擁有這種血統，所以如果要對付擅長精神攻擊魔法的古式魔法師（稱為「妖術師」或「咒術師」的人們），他會被排除在任務名單之外。

以大部分的狀況來說，「妖術師」是原住民血統的古式魔法師，「咒術師」是黑人血統的古式魔法師。不，正確來說應該是**白種人與黃種人**將原住民血統的古式魔法師稱為「妖術師」，將黑人血統的古式魔法師稱為「咒術師」，不過艾克圖魯斯暴露在這樣的人種偏見之下，被懷疑可能對這種民俗系統的古式魔法師抱持強烈的同理心。

從這一點來看，第十一隊的恆星級魔法師，三人都擅長「月之魔法」，也沒受到這樣的人種偏見。作戰需要對付擅長精神攻擊魔法的古式魔法師時，三人經常同組出擊，應付侵蝕精神的攻擊也得心應手。

「不，只要下官就夠了。」

艾克圖魯斯也自覺實戰經驗不足。雖然這麼說，但他也有自負。而且他認為即使在STARS內部，參與這件事的人也應該少到不能再少。

「這樣啊。知道了。」

渥卡同樣判斷參與的人數愈少愈好。光是這幾句對話，就確定只派艾克圖魯斯的第三隊前往這次的實驗現場。

「我會讓第六隊在研究所外面待命。發現可疑人物就立刻通知。」

不過，並不是只派第三隊參加任務的意思。

第六隊的恆星級隊員瑞傑爾、貝勒托立克斯、厄尼拉姆等三人都獲得獵戶座的代碼，別名「獵戶組」。這不是偶然，第六隊是擅長追蹤的魔法師集結而成的獵人團隊。

「知道了。瑞傑爾上尉那邊……」

「不必擔心。實驗會保密。」

渥卡說完，艾克圖魯斯只在瞬間露出鬆一口氣的表情。

微型黑洞實驗的目的是引出日本特務員。為了確實逮人，有其他部隊協助比較好。但艾克圖魯斯自己也認為這是在走一條無謂危險的鋼索，所以希望盡量別讓其他部隊知道實驗的事。

渥卡也抱持相同想法。兩人的動機絕非自保，但是以結果來說隱瞞了應該共享的情報。

◇◇◇

日本政府公布伊豆高原的別墅區遭受魔法攻擊，還沒查明凶手就嚴厲批判。同時強調為了對抗魔法攻擊，唯一的方法是充實魔法戰力。

排斥魔法師不只造成人道上的問題，對於外國勢力魔法攻擊的自衛能力也會降低，害得國民的生命暴露在危險之中。政府就像這樣間接批判反魔法主義運動。

不過，沒有說明這次攻擊的目標同樣是魔法師。目標是達也，水波成為受害者的這個情報，被下了嚴格的封口令。

然而不可能完全隱瞞。

知道達也在哪裡的人，自然而然將他和魔法攻擊連結在一起。

即使不知道達也在哪裡，也有人以敏銳的魔法知覺得出事實。

政府公布這場偷襲並且加以批判之後，藤林中尉接到一通私人電話。她值勤時也能使用私人電話，是司令部公認以防萬一的措施，加上這通電話來自她和九島家之間設定的虛擬熱線。

『響子姊姊？我是光宣。』

「光宣？」

虛擬熱線只有語音通話。來電通知只顯示「九島家」，要聽聲音才知道是誰。可能是爺爺、伯父或是伯母。藤林完全沒料到是光宣打來。

『抱歉在您工作的時候打擾。』

「沒關係，我現在手邊沒事。」

這不是安慰的謊言。直到剛才，藤林都依照風間取得的伊豆高原資料，忙著製作政府的新聞稿。在記者會剛結束的現在，相關人員都暫時處於沒事做的狀態。

「所以，有什麼急事嗎？」

藤林藏起內心的慌張如此詢問。這條直通熱線本來就很少使用，光宣是第一次打這條熱線給她。幾乎和旁若無人無緣──至少在藤林面前沒做過這種行徑的光宣，明知藤林在執行軍務卻打電話過來。藤林當然會認為發生某些緊急事態而提高警覺。

『並不是有什麼急事，但我無論如何都想請教一件事。關於政府剛才公布的事情……』

「嗯。」

感覺強烈心悸的藤林，只有聲音維持一如往常，催促他說下去。

『遭受遠距離魔法攻擊的人，是不是達也他們？』

「你為什麼會知道……？」

這是冒失的反應。雖然對方是光宣，但藤林透露了政府隱瞞的事實。

藤林就是如此震驚。和達也特別要好的第一高中朋友知道他在哪裡，所以將今天早上的攻擊和達也連結在一起也不奇怪。但即使在第一高中，知道達也暫住伊豆高原別墅的人也肯定不多。說不定，光宣是從去年秋天在京都認識的西城雷歐赫特或吉田幹比古那裡得知達也在伊豆……

藤林的這個猜想落空。

『我感受到東方有兩股強烈的魔法波動相互衝突。感覺其中一邊是達也他們……』

光宣這番話令藤林不禁語塞。如果光宣說的是真的，那他在某方面來說超越了達也的「精靈之眼」。

只要有一點蛛絲馬跡，達也的「精靈之眼」就可以「看見」任何東西。不過，「精靈之眼」需要志向性——也就是意志的指向性。如果沒有「看」的意思，如果注意力沒朝向該處，那麼達也也就「看」不見。

之所以能被動捕捉到朝向深雪的敵意，是因為達也以保護深雪為目的縮小對象範圍。然而即使如此，這次也直到對方實際發動攻擊才能察覺。

相對的，如果光宣真的感應到「水霧炸彈」的波動，就代表他相隔將近四百公里的距離，沒做任何事就感應到魔法發動。某方面來說肯定因為這次是「水霧炸彈」這種強力的魔法，不過光宣的被動感應力明顯勝過達也。至少藤林這麼認為。

光宣的「精靈之眼」覺醒了……？

「……光宣，你什麼時候擁有這種知覺能力的……？」

藤林的疑問沒得到答案。

『所以，達也他們沒事嗎？深雪小姐，還有櫻井小姐呢？』

光宣沒把藤林的問題聽進去。他只顧著關心達也等人的安危。

——不對。光宣真正擔心的不是達也或深雪……

「達也與深雪都沒事喔。不過，櫻井她……」

因為這樣的直覺掠過腦海，所以藤林再度隱瞞失敗。

『櫻井小姐怎麼了？』

聽到光宣拚命的聲音，藤林無法守密。

「她在住院。大隊的山中醫生推測她使用魔法過度，導致精神受損。」

『居然說推測，獨立魔裝大隊沒治療她嗎？不是在現場嗎？』

（光宣，你到底……？）

這次的問題沒說出口。獨立魔裝大隊出動前往今早的現場，知道這件事的是佐伯、風間、出動的隊員以及大隊部分人員，還有達也、深雪與四葉家。

具體的出動成員也沒向政府報告。光宣不可能知道這次偷襲的資料是由獨立魔裝大隊取得。

但是光宣那番話不是瞎猜。他抱持確信說中獨立魔裝大隊的作戰行動。

藤林知道的光宣做不到這種事。她的「表弟」確實從以前就是一名優秀的魔法師。如果只看天分，藤林認為光宣在全世界也數一數二。但是肯定沒有這種近似天眼通的能力。

簡直像是擁有禁忌智慧的惡魔憑附在光宣身上……

藤林甚至抱持這種近乎迷信的妄想。

——這時候的她，如果沒斷定自己的直覺是妄想，未來說不定會有所改變。

即使聽藤林說明今天早上發生的事，光宣也沒特別感到憤怒。雖然多少失望，但他先入為主認定軍方就是這麼冷酷，所以只認為「就是這麼回事吧」。

更重要的是，光宣非常擔心水波。

魔法使用過度導致精神受損，應該是魔法演算領域過熱。是魔法師固有，現在還沒確立治療方式的疾病。

接受過基因調整的魔法師尤其容易罹患這種病。依照從周公瑾吸收的知識，光宣自己不穩定的體質，也是因為魔法演算領域負荷過度。

以光宣的狀況，抑制魔法力的限制器，沒能順利在肉體承受得了的範圍運作。即使是普通的魔法師，要是戰鬥時使用魔法過度，魔法演算領域的運作強度超過容許範圍，限制器就會毀壞。周公瑾的知識也沒囊括修復限制器的技術。

（就算「我」治不好，四葉家或許也治得好……）

與其說是推測，這更像是願望，不過為了平復坐立不安的焦躁，他只能這麼心想。

（……去探視她吧。只要直接見面，肯定就知道是我白操心。）

光宣不認為達也會眼睜睜看著自家人死掉。無須自己慌張，肯定也正在進行適切的治療。就去親眼確認這一切吧——

光宣這麼想。明天要上學。其實應該在身體狀況穩定的時候多多累積出席天數，不過以他的成績，有必要的時候可以用測驗或報告代替。

光宣決定暫時缺席不去高中。

◇ ◇ ◇

醒來時不太舒服。身體沉重。不只是疲勞一點都沒消除，強烈的倦意還侵蝕全身。

睜開雙眼，看見的是不傷眼的乳白色天花板。往旁邊看去是相同顏色的牆壁，以及乾淨的白色被套與床單。

左手臂插著吊點滴用的針筒。

（這裡是……醫院？）

如此認知之後，記憶復甦。

（……對了！深雪大人呢？）

水波試著撐起身體，才察覺自己衰弱到甚至無法起身。

「嗚……」

朝身體使力，這股力量卻徒勞無功，化為聲音滿溢滴落。

水波仰躺在床上調整呼吸時，敲門聲傳入耳中。

「……請進。」

聲音微弱到連自己都嚇一跳。

「打擾了。」

（深雪大人？）

意識還有點朦朧，但她不會聽不出這是誰的聲音。

水波連忙再度試著起身。

結果和剛才一樣。

只有頭微微抬起。

而且還立刻回到枕頭上。

水波口中發出難受的聲音。

「水波？」

匆忙跑來的腳步聲。

水波轉頭看向側邊，視野映著擔心過度滿臉焦急的深雪。

（……好美……）

即使是這樣的表情，深雪也美得不像是世間應有。這種格格不入的想法填滿水波的意識。

「水波，別勉強。」

「達也大人……」

水波恍惚的意識，由達也的聲音拉回現實。

「……兩位都平安嗎？」

水波回神後的第一句話，不是詢問自己的狀態。

「嗯。水波，都是多虧了妳。」

「——這是屬下的榮幸。」

成功守護主人的安心感，以及受到認可的感動，這兩種情緒高漲，使得水波雙眼溼潤。

「不行喔，妳得躺著。」

深雪阻止想動身體的水波。

「如果有話想說，就這麼躺著說吧。」

連達也都這麼說，水波不再勉強自己起身。

「達也大人，深雪大人，非常抱歉。」

意外的謝罪，深雪不知道該如何回應。

「——道歉什麼事？我們多虧妳而得救，這不是欺騙也不是誇張，是真的。」

即使是達也，也免不了稍微停頓。

「可是，屬下在中途就精疲力盡。護衛必須保護主人到最後，才算是盡忠職守。屬下沒盡到職責。」

聲音沒有力氣。身體和剛清醒時一樣，連爬都爬不起來。

不過水波雙眼裡的光芒，顯示這不是來自軟弱內心的喪氣話，是出自真心的話語。

「水波，我不想和身心俱疲的妳議論這種事。不過只有兩件事，希望妳聽我說。」

「……好的。」

聽到水波回應之後，達也坐在枕邊的凳子。

這麼做可以減少眼睛高度的差距，減輕水波被達也俯視的印象。

「水波，我認為妳的使命感很了不起。不過，妳的魔法千真萬確擋下『水霧炸彈』的衝擊。

「……好的。」

水波頭沒動，只以話語允諾，但是看起來不像是由衷接受。

「這是第一件事。接著是第二件事。」

達也聲音嚴肅。

不只是水波，旁聽的深雪也同時倒抽一口氣。

「我依賴妳的，不只是護衛深雪的工作。」

「…………」

水波就這麼躺著默默注視達也。她的眼神在詢問達也要她做什麼。她希望達也回答她的存在意義。

「我能信賴的人很少。雷歐、艾莉卡、美月、幹比古、穗香、雫。第一高中的這些同學們可以信任，但我不想把他們捲入我們的內情。四葉家現在站在我這邊沒錯，但如果我會礙事，他們應該會毫不猶豫除掉我吧。文彌與亞夜子，我個人信任他們，但他們有自己的工作。在危急的時候或許無法依賴。師父與風間中校，我無法否定將來可能會成為我的敵人。」

我呢？水波以視線詢問。

「水波，妳是我所信任又能依賴的少數人之一。所以我希望妳不是以護衛身分，而是以隨從

身分陪在深雪身旁。」

「不是護衛，而是隨從……嗎？」

「這是我的希望，無法強迫。不過可以的話，希望妳陪在深雪身旁。不是以護衛身分急於赴死，而是儘可能陪伴深雪久一點。至少到妳將來找到終身伴侶的那一天。」

水波蒼白的臉蛋微微泛紅。

達也居然提到她結婚，這過於超乎她的預料。對於水波來說，最後那句話是鋒利的冷箭。

「……水波。如果妳願意陪在我身旁，我會很高興。所以希望妳別抱持犧牲自己的想法。」

坐在達也身旁的深雪，探出上半身注視水波的臉這麼說。

水波的雙眼再度溼潤。水波在這時候實際感受到，達也與深雪非常珍惜她。

「求求妳，好好靜養吧。因為這是恢復健康的首要條件。」

「……知道了。屬下會盡快康復。到時候可以再度隨侍在深雪大人身旁嗎？」

「好的，我才要這麼拜託妳。」

達也背後的病房門開啟。

達也不用回頭，就察覺醫師與護理師入內。

「我們明天也會來。」

達也說著從凳子起身。

「水波，明天見。」

「好的。達也大人，深雪大人，謝謝兩位來探視我。」

深雪跟著達也起身，床上的水波向兩人致意。

達也他們將空間讓給醫師，離開病房。

◇◇◇

達也和深雪一起回到調布的大樓。達也坐在客廳之後，看起來沒要再度外出。

「哥哥……您今晚要在這裡過夜嗎？」

深雪將一杯咖啡放在達也面前，如此詢問。

水波前來之前，端咖啡給達也是深雪的專屬工作。水波融入司波家之後，為達也準備飲料一樣是深雪的工作，但也可能一個不小心就被水波搶走。

深雪每次都心有不甘，但現在不必擔心服務工作被搶之後，深雪不禁感到寂寞。應該不是只有深雪特別任性，人類都是這種個性。

「我想搬離伊豆的別墅。方便的話，明天就要把放在那邊的東西拿回來。」

「您要回來這裡嗎？」

深雪微微睜大雙眼。她的眼睛因為喜悅而閃亮。要不是水波正在住院，她應該會更淺顯表達這份喜悅吧。

「回來……也對。我要回這裡住。」

達也即使曾經在這棟大樓過夜，也不曾住在這裡。因此他猶豫是否可以形容為「回來」，不過達也的居所理應在深雪身旁。

——既然深雪住在這個家，那麼形容自己「回來」這裡是對的。

達也改變想法。

「知道了。我立刻去準備房間。」

「不必特地花費心力。妳也稍微放鬆一下吧。」

水波這次倒下，達也認為深雪受到的打擊肯定比他沉重。也可以想像深雪為了排解不安，比起靜靜不動應該更想做點事情。

不過，讓身體休息也很重要。

雖說要準備房間，但鋪床可以由家庭自動化系統代勞。達也判斷現在應該讓深雪暫時休息。

深雪看起來不太願意，但還是聽達也的話。

深雪坐在達也正對面沙發的前緣。她像是靜不下心，眼神猶疑了一陣子，最後有些猶豫地和達也四目相對。

「怎麼了？想問什麼事嗎？」

達也主動詢問，深雪才終於開口。

「哥哥……您打算要求水波怎麼做？」

「『要求』是什麼意思？我沒要強迫水波做她不想做的事。」

「非……非常抱歉。我不是這個意思！」

達也蹙眉反問，深雪隨即慌張搖動雙手。

「是嗎？啊啊……難道說，妳想問我今後期待水波扮演什麼角色？」

「是的……不，這是其中之一……」

深雪難以啟齒般支支吾吾。

至此，達也終於理解深雪想問什麼。

「……我再也不會讓水波勉強自己了。」

達也也一直猶豫是否要明講這件事。之所以不像往常敏銳，肯定是這個原因。

「意思是……應該讓水波卸下守護者的任務嗎？」

「沒錯。」

不過一旦說出口，達也就不再猶豫。

「在魔法演算領域的損傷治好之前，不能讓她使用魔法，而且說起來還不知道是否治得好。

對我們魔法師來說，那就像是黑盒子。無論是構造或性質，還沒判明的部分太多了。」

「說得也是……一条家的當家聽說順利康復中，不過就算這麼說，也不保證水波也同樣能回復……」

「即使同為十師族的當家，十文字家的前任當家也因為經常刻意讓魔法演算領域負荷過度，最後失去魔法技能。關於治療這方面，應該無法樂觀吧。」

達也與深雪，兩人臉上都因為憂鬱而蒙上陰影。

「……而且就算這次回復，也不保證不會再度發生相同的事。」

「只要繼續使用魔法……嗎？」

「是的。而且，下次的急救或許會來不及。」

覆蓋在深雪臉上的憂鬱神色更加明顯。

「水波她……再也不能以魔法師身分工作了嗎？」

「不，應該能以『普通魔法師』的身分繼續活動吧。」

「無法承受激烈的戰鬥……是這個意思吧？」

「一點都沒錯，深雪。首先，守護者不容許撤退，她不可能勝任這份工作。最好也要避免加入戰鬥。」

「水波她會接受嗎？」

「戰鬥並不是唯一的生存之道。我希望水波今後踏上和平的人生。」

深雪的神色稍微變得開朗。

但是，還不足以展開愁眉。

「哥哥您……不，沒事。恕我失禮。」

想勸水波選擇和平生活方式的達也自己又如何？

達也不是也有和平生活的權利嗎？

深雪想這麼問，卻半途作罷。

深雪也知道，這個問題實際上沒有意義。她差點脫口問這個問題，在過程中打消念頭。

即使達也希望平穩度日，周圍也不允許。即使達也沒有主動使用的意願，光是他能使用戰略級魔法，敵方與己方就都不會放過他。這不是預測，是明確的事實。

「這樣啊。」

達也自己當然也知道。大概比深雪更深入理解這一點。

達也理解深雪想問的事，理解深雪想說的話，卻只能這麼回應。

〔3〕

六月十日，星期一。

隔海遭受遠距離魔法攻擊。即使昨天剛發生極度反常的這個事件，平凡的日常依然毫不留情到來。

掛念水波身體狀態的深雪，一如往常來一高上學。

「達也大人各方面也很忙吧……？」

水波坐臥在調整成斜倚的病床上，以愧疚的語氣詢問達也。此外，由於她還無法以自己的力氣支撐身體，因此上半身安裝了輔助外骨骼（醫療用的穿戴式動力輔助裝置）。

「我現在免除上學義務，不必在意我。」

「可是……」

「不提這個，妳繼續躺著比較好吧？」

再怎麼吩咐「不必在意」，水波也不會接受吧。達也強行改變話題，中止無意義的問答。

只不過，目的不只是要轉移話題，他也在意水波穿戴的外骨骼。

「不。即使接受外力輔助，也要避免一直躺著，比較可以早點回歸日常生活。這是醫生的建議。」

「不過，這東西穿起來不太舒服吧？」

達也穿過可動裝甲，所以也很熟悉動力輔助功能。現代輔助系統的回饋速度很快，所以達也知道不會妨礙到穿戴者的行動。雖然性能上或許和最先進的軍用裝備有差，但至少肯定不會感覺動作受到妨礙。

至於重量，外骨骼本身以接地面支撐自身重量，所以穿戴者肯定不會感覺到重量。但因為必須穩穩固定在身上，所以無法避免某種程度的緊縛感，絕對不是什麼舒適的裝備吧。

達也是這麼猜測的。

「沒問題。皮膚的知覺還沒完全回復，所以穿上這個也不會在意。」

水波出乎意料的回答，使得達也不禁睜大雙眼。

「觸覺麻痺了嗎……？」

自主回復眨眼動作的達也低聲詢問。詢問的音調不是自主使然。

「不到麻痺那麼誇張……只是覺得有點遲鈍。」

達也語氣嚴肅，水波似乎稍微嚇到，變得支支吾吾。

不過，對於自己身體出現的異常，她不太在意的樣子。

「醫生怎麼說？」

「醫生說，腦部與神經組織都沒發現受損，所以是衰弱造成暫時性的異常。」

「那就好。」

達也嘴裡這麼說，臉上卻依然掛著擔心表情。

「達也大人……方便屬下詢問一件事嗎？」

即使在事後，水波也不知道自己為什麼問這個問題。

「說說看。」

不過，她無論如何都無法將這個疑問留在心裡。

「達也大人為什麼這麼擔心屬下？」

剛開始，達也微微蹙眉，大概是聽不懂這個問題的意圖。但他立刻露出「我懂了」的表情，露出有點自嘲的苦笑。

「缺乏情感的我擔心外人，看起來確實很奇妙吧。」

「啊，不，請別這麼說！」

水波連忙要更正達也的誤會。

「沒關係。妳的認知沒錯。」

不過聽達也這麼說，水波察覺自己這個問題的背後，確實藏著達也所說的想法。

水波為自己的無禮感到羞恥。

甚至無法辯解。

「若要說妳的想法哪裡錯誤，那就是妳以為我把妳當外人。」

水波口中發出「咦……？」的細語。

這個反應就某方面來說也很失禮。

不過達也沒進行惡意的解釋。

「水波對我的事情知道多少？」

達也如此反問。

不過，以水波的立場無法回答這個問題。

達也應該也理解這一點。他親口說出正確答案。

「除了關於深雪的事，我沒有真正的情感。形容為『沒有強烈的情感』或許比較正確。」

水波知道這一點，所以更無法說些什麼。

這個祕密沉重到不應被「外人」知道。

「而且深雪把妳當成姊妹看待。水波，妳對深雪來說已經是家人，所以我將櫻井水波這名少女，視為和深雪關係密切的人。我之所以擔心妳，是因為深雪由衷關心妳。雖然對妳來說或許很失禮，不過我透過自己對深雪的情感，自認真的在擔心妳的安危。」

「……不敢當，這是屬下的榮幸。」

深雪把水波當成姊妹看待。水波對此表示「不敢當」。

達也透過對深雪的愛情擔心水波。水波對此表示「榮幸」。如達也自己所說，他對深雪這份愛情所附屬的情感，屬於他發自內心的情感。水波理解到這一點。

「我聽不太懂。」

看來達也無法理解水波這句話是經過何種思考程序的結果。

「……對不起，請您別在意。」

水波也沒自信好好說明自己的想法。她沒有硬擠出答案，而是選擇含糊帶過。

「……應該要到晚上，但我會再和深雪過來。現在就忘記工作，好好休養吧。」

達也沒執著於要得到答案。

「好的。屬下會遵照吩咐。」

水波點了點勉強能動的頭，向達也行禮。

◇　◇　◇

老實說，深雪今天本來想請假。

她在意水波，沒自信專注於學業。比起上課，她更想陪在水波身旁。

不過，自己在場也無法協助治療。不只如此，要是長時間待在附近，深雪下意識釋放的想子波（可能）會刺激水波的魔法領域妨礙回復。聽到醫師這麼說，深雪非得顧慮這一點。

她自認沒有那麼恣意釋放想子波。如果是以往魔法控制力被誓約「吃掉」的狀態，她不敢說沒有這方面的可能性。但在取回魔法控制力的現在，肯定不會無故壓迫其他魔法師才對。

只不過，相較於完全支配自身想子的達也，深雪不得不承認自己的控制還不夠純熟。深雪自覺即使比不上達也，想子存量依然遠高於魔法師的平均水準，所以無法否定可能會對水波的病情造成負面影響。

基於這個隱情，所以深雪放棄為水波看護，一如往常到一高上學。

深雪一抵達教室，已經就坐的穗香與雫就一臉擔心地接近過來。

「深雪，沒事嗎？」

「什麼事？」

不是在裝傻。突然被問「沒事嗎」，深雪只能回問「什麼事」。即使心裡有底，如果是自己誤會，就會無謂洩漏原本應該保密的情報。

只是以這次的事件來說，不需要這種警戒。

「昨天政府公布的那件事，是在達也同學的別墅那裡吧？深雪，你不是說要去過夜嗎？」

穗香與雫果然也察覺遠距離魔法的目標是達也。

「嗯……達也大人和我都沒事，不過水波正在住院接受治療。」

深雪一邊說，一邊坐在自己的座位。

「咦咦？」

「……受傷？」

穗香站在她旁邊不動，雫側坐在座位，上半身扭向後方詢問。雫的座位在深雪前面。

「不是受傷……不過類似。」

深雪含糊帶過雫的問題。即使只限於魔法師會發生，魔法演算領域過熱也還不算是普通的傷病。而且即使有著心理與身體的差異，也肯定是「類似受傷的症狀」，所以深雪沒說謊。

「這樣啊……嚴重嗎？」

雫沒有繼續逼問現在的病情，只詢問輕重程度。

「還不知道什麼時候能出院……」

深雪臉色一沉。

「這樣啊……好擔心她。」

穗香與雫都露出關懷的表情。

「可以去探視她嗎？」

「不是傳染病，我想應該沒問題。我問醫生看看。」

深雪沒立刻回應雫的要求。深雪也很高興她們願意探視水波，不過基於隱情，可不能舉雙手歡迎。

「也對。」

「醫生許可之後告訴我喔。」

「知道了。」

深雪露出客氣的笑容，向蹲在她座位旁邊的穗香點頭。

病房響起敲門聲。「請問是哪位？」水波問。

現在是上午十一點多。照理來說達也在伊豆，深雪在第一高中。

這裡是和四葉家有關係的醫院，卻不是四葉家專用。普通患者也當成綜合醫院利用。話是這麼說，但水波聽說這間病房所在的區域嚴格審核人員進出。

水波也認為幾乎不可能是可疑人物。她不是這樣誤會，而是認為有人和自己一樣是四葉家相關人士，前來探視的人找錯房間。

「我是九島光宣。」

隔著門傳來的這句回答，水波完全沒預料到。

「光……光宣大人嗎？」

即使開頭結巴了一下，水波也勉強做出有意義的回應，但她內心發出「為什麼！」的尖叫。這句大叫沒能成為「為什麼光宣知道我住院？」「光宣從哪裡打聽到這間醫院？」這種符合邏輯的疑問，水波的意識因為過度困惑而一片空白。

但她只在一瞬間失去自我。花樣年華女生的修養，強迫她想起自己現在是什麼狀態。

早上，達也前來之前，她姑且整理過服裝儀容。

不過在那之後，她一直以半夢半醒的狀態分神打盹，所以頭髮肯定亂了。而且她不可能以這種懶散的姿勢迎接光宣——

「請稍等一下！」

水波連忙動著反應遲鈍的右手，按下病床內側所放置有線控制器特別大的一顆按鍵。

病床上半身這邊向上傾斜，抬起水波橫躺的身體。

輔助外骨骼從兩側移動，同時從變成靠背的病床下方輕推水波的背。

病床一部分上抬，使得病床和背部出現一條空隙。外骨骼左右兩側的元件從這條縫隙連結。

輔助外骨骼固定水波的上半身，支撐她的身體。

藉由手臂元件的輔助，水波拿起小鏡子與梳子。

她連忙照鏡子，梳理凌亂的頭髮。

其實她也想化妝，但在病房頂多只能整理頭髮。而且也不能讓光宣繼續等下去。

「……讓您久等了。請進。」

病房ＡＩ分析水波的話語，打開房門的鎖。

「打擾了……」

隨著有點猶豫的聲音，光宣出現在病房內。

這一瞬間，神聖的光芒射入房內。

在染成無瑕純白的空間，一位身披鮮豔色彩的天界居民降臨了——水波看到這樣的幻象。

「櫻井小姐，那個……狀況怎麼樣？」

光宣露出靦腆笑容詢問，沒察覺水波看她的奇妙眼神。也可能是經常承受這種視線所以不在意。

多虧光宣正常搭話，水波也成功從夢幻世界回歸現實。

取回理性之後，剛才差點抓到卻煙消雲散的疑問終於成形。

——光宣為什麼知道我住院？

——光宣是從哪裡，又是用什麼方式查出我在這間醫院接受治療？

不過，水波口中說出的回應，不是詢問光宣的話語。

「嗯。沒有難受或疼痛之類的問題。雖然身體還使不上力，但醫生說這也會立刻改善。」

她乖順回答光宣的問題。

「那太好了。」

光宣露出笑容。

缺乏血色的水波臉頰泛紅。

要是光宣的笑容維持久一點，水波大概會基於倦怠感以外的原因失去意識吧。

光宣一臉嚴肅注視水波。

水波甚至無法自覺意識逐漸遠離。隔著房門聽到聲音時抱持的「光宣怎麼沒上學？」這種小小的疑問，都從腦海拋到九霄雲外。

「——櫻井小姐，有其他不舒服的地方嗎？」

「啊，嗯。其他地方嗎？」

簡直是醫生會問的問題。這份狐疑的心情，拉住水波的意識。

「比方說視線模糊，或是耳朵聽不清楚之類的。」

「…………」

水波確實自覺觸覺變得遲鈍。不過這可以告訴光宣嗎？只會害他擔心吧？水波就像這樣不知所措。

「回答我這種人也無濟於事……妳會這麼想是理所當然的。不過這很重要。櫻井小姐，希望妳老實回答我！」

不過，這份迷惘也抵抗不了光宣真摯的眼神。

「……皮膚的感覺有點……」

「觸覺變得遲鈍對吧？」

光宣將臉湊向水波。

水波忍不住移開目光。在這個時間點，「無法持續直視」的感覺還比「害羞得不得了」的感覺強烈。雖然不用強調，但絕對不是因為感到厭惡而轉頭。

「是……是的……還有，光宣大人，我之前也說過，請叫我水波就好。」

出乎意料的要求，使得光宣的注意力稍微從水波的病情移開。

多虧如此，光宣察覺自己的姿勢踰矩，以不算是不經意的速度退後。

保持足夠的距離之後，水波的要求才傳入他的意識。

「咦，可是……」

光宣是絕世美少年，卻毫無男女交際的經驗。因為俊美得甚至洋溢神祕氣息，所以女孩們畏縮不敢接近。

雖然和世間「不搶手男生」的理由相反，不過光宣依然是「非搶手男生」之一，「直呼可愛少女的名字」這個要求的門檻有點高。如果是深雪那樣的美少女，內心抗拒的感覺本身反而會麻痺，但水波對於高二少年來說……更正，對光宣來說，是剛好刺激到害臊內心的「可愛少女」。

「不然的話，我也必須稱呼您『九島大人』……」

水波眼角泛紅，避免和光宣視線相對，如此補充。

考慮到水波與光宣的立場，她本來應該以「九島大人」稱呼。

說起來水波稱呼光宣為「光宣大人」，是因為光宣將達也與深雪都稱為「司波同學」會無法區別而稱呼名字，她照做以取得平衡。達也與深雪不在的時候，以「九島大人」稱呼是對的。

水波應該也明白這一點。明明理解，但她看起來捨不得放棄「光宣大人」這個稱呼。

「我知道了，水波小姐。」

看到水波的表情，光宣忘了羞恥心。聽到水波的話語，光宣反射性地如此回應。看來光宣也捨不得水波不再以名字叫他。

「好的，光宣大人。」

「…………」

「…………」

不過，害臊的感覺沒消失。而且這次不只是光宣。兩人的羞恥心產生相乘效果，病房洋溢著青春無比的氣息。

「……那個……關於觸覺變得遲鈍，醫生是怎麼說的？」

「啊，是的，那個……醫生說腦部與神經組織都沒發現受損，應該是暫時性的異常……」

聽到水波的回答，光宣表情變得嚴肅。

看到光宣的變化，水波在心中壓抑至今的不安開始膨脹。雖然裝作若無其事，不過老實說，她也害怕自己身體產生的異常。

水波在四葉家學習過調整體的不穩定性。也知道這是總有一天降臨在自己身上的命運。

——「這一天」或許來臨了。

若說水波沒這麼想，那是騙人的。

如果只是身體疲倦，她肯定不會太在意。

不過五感的異常明顯不是普通毛病。水波知道這是魔法演算領域負荷過度造成的，也知道調整體的猝死和魔法使用過度有著密切的因果關係。

為了保護深雪而用盡全力。水波對此不後悔。當時的水波不是做個樣子，而是真的覺悟賠上

性命，現在也無怨無悔。

不過，她還是害怕意識到死亡。所以她盡量避免思考。裝作若無其事矇騙自己。

但現在，面對表情嚴肅的光宣，至今不去正視的不安壓在水波身上。

「水波小姐，那個，我可以摸妳的手嗎……？」

「……好的，請吧？」

如果不是在這個時候，水波應該無法如此心平氣和地回應吧。內心擴大的不安，使她的羞恥心變得遲鈍。

水波在外骨骼的輔助之下，向光宣伸出右手。反倒是光宣露出害羞的樣子。即使是自己提出的要求，他白淨的臉頰依然微微泛紅。

光宣伸出右手，輕輕從下方和水波的右手重疊。

接著，光宣再將左手放在水波右手背。以雙手夾住水波的右手。

這終究也讓水波臉紅了。

光宣緩慢、微微動著左手。依然泛紅的臉頰掛著嚴肅的表情。

水波像是被吸引般，注視光宣帶著熱度的雙眼。

光宣不時蹙眉，應該是感應到醫生或水波本人都不知道的某些問題。

就這樣將近一分鐘後，光宣放開水波的手，深吸一口氣然後吐出。大概是剛才專注到忘記呼吸吧。

同時水波也悄悄吐了口氣，但這是剛才緊張的反作用力。光宣沒察覺水波這個動作。

「……水波小姐。或許妳會覺得殘酷，但妳的『傷』治不好。魔法演算領域就這麼處於受損狀態。即使身體狀況暫時回復，也不知道什麼時候會再度倒下。」

「……這樣啊。」

「妳不相信也是難免的。」

水波不是不相信光宣這番話，只是覺得「果然」。

只是承認自己也隱約感覺到的事實。水波隨著放棄的念頭如此心想。

「不過，希望妳相信我。」

水波沒出聲，在內心「咦？」了一聲。

要我相信什麼……水波想不到光宣會這麼說。

她的疑問立刻消除。

「我一定會找到治療的方法。所以，希望妳別放棄。」

水波腦海浮現的是「為什麼？」這個疑問。

今天早上，水波也問過達也這個問題。

但是不知為何，她猶豫是否要詢問光宣相同的問題。

「……好的。光宣大人，麻煩您了。」

水波說出口的回應，對於光宣或是水波自己來說都超乎預料。

達也忙著進行搬離伊豆別墅的工作，所以下午一點多才吃午餐。雖然打包或搬運不必由達也出手，但是研究資料的搬運不能交給別人。

廚具是別墅配備的，所以午餐一如往常由琵庫希調理。不只是廚具，這座別墅從物品到換洗衣物幾乎都由四葉本家打理，所以要帶到調布大樓的行李不多。午餐晚吃也是因為搬家工作已經看得見終點。

坐在餐桌前的只有達也一人。其他工作人員在車上吃便當。達也也能理解他們避免和「大人物」同席的心情，所以沒強邀他們共桌用餐。

「達也大人，抱歉在用餐時打擾。」

達也吃完盤中的食物，正在喝餐後咖啡休息的時候，花菱兵庫進來了。今天的他不是平常的三件式西裝，是如同搬家公司制服的工作褲加外套。大概是因為年輕，所以這種輕便的打扮也很適合他。此外，這裡說的「適合」不是「時尚」的意思，是「沒有突兀感」的意思。

正因如此，所以一如往常端正行禮貌的模樣，釋放難以形容的突兀感。

「不，我吃完了。發生什麼事嗎？」

「調布碧葉醫院的負責人報告一件事。」

調布碧葉醫院是水波住院的醫院名稱。達也瞬間以為水波病情急轉直下而慌了一下，但立刻自己駁回這個想法。要是發生這種事，兵庫的語氣肯定更緊張。兵庫在這方面是很貼心的人。

「請說給我聽。」

「上午十一點多，櫻井的病房來了一位訪客。」

對於兵庫來說，水波是服侍四葉家的侍女之一。身為管家的他地位較高，自然是以這種方式稱呼水波。

「探視嗎？應該有限制面會才對吧？」

達也疑惑反問。

「醫院的人也知道這件事，卻也不能貿然請對方離開，所以徵詢本家之後，本家准許對方進去探視。」

「對方是誰？」

在無法請對方離開的這個階段，達也就知道不是普通的訪客。不只如此，本家也准許了。這個訪客究竟是誰？達也內心沒有底。

「是九島家的三男——九島光宣大人。」

光宣是五名兄弟姊妹之中的老么。依序是大姊、大哥、二姊、二哥，他是排第五的三男。

「光宣他……？」

首先浮現在達也腦海的，是「為什麼光宣即使在平日也來探視」這個理所當然的疑問。

關於光宣知道水波住院的原因，不需要特別動腦思考。

應該是藤林告訴他的——達也立刻這麼認為。這情報原本應該只限於軍方內部，但藤林動不動就寵光宣。只要光宣懇求，這種程度的事情肯定會透露。對於國防軍來說，這也不是需要保密的情報。

不過就算知道這件事，達也也不清楚光宣為何不惜向學校請假也要來探視。光宣和水波共處的時間，加起來肯定不滿三天。雖然看起來確實登對，但兩人表現出來的樣子，不像是彼此之間有特別的好感。

在京都由水波看病，光宣因而對水波抱持某種情感……這種可能性並不是零。即使如此，光宣的行動也太果斷了。

達也不熟悉光宣的個性，沒辦法說這不像光宣會做的事。不過，向學校請假之後從奈良來到東京探視，達也覺得如此熱情的行動不符合光宣的形象。

「所以光宣還在醫院嗎？」

如果光宣現在還在調布碧葉醫院，達也想直接詢問他的意圖。

「不，已經回去了。他好像只在病房待二十分鐘左右。」

不過很可惜，事情沒照達也的計畫走。

話是這麼說，但他沒待多久就回去了……達也心想。

相較於一般探視的時間，達也無法判斷二十分鐘算長還算短。不過考慮到光宣不惜向學校請假前來病房的「熱情」行動，會覺得他過於乾脆就離開。

（不是單純的探視，是基於其他目的嗎？）

即使想推理光宣的真意，材料也太少了。

「光宣的事情我知道了。還有別的嗎？」

「沒其他特別的事情。」

兵庫恭敬鞠躬，達也指示他離開。

成為獨自一人之後，達也轉身面向化為擺飾在飯廳角落待命的琵庫希。

「琵庫希，幫我拿情報終端裝置過來。」

「遵命。」

琵庫希不是以心電感應，而是以機械身體的揚聲器回應，然後立刻拿終端裝置過來。

去年秋天，達也和光宣交換了聯絡方式。解決周公瑾事件之後，兩人彼此從來沒打過電話，

但只要光宣沒換ＩＤ肯定能接通。

不過達也的想法在這裡也落空。揚聲器傳來鈴聲，所以不是ＩＤ無效。情報終端裝置附設的通訊用ＩＤ設定為不能重複使用，所以只要更換ＩＤ，上一個ＩＤ就會無效，也就是不會響起鈴聲，只會回傳ＩＤ無效的訊息。

如果終端裝置沒開機，也會回傳沒開機的訊息。換句話說，光宣現在是沒空拿情報終端裝置的狀況，或者是故意不接聽。

（……感覺不接聽也不像是那傢伙的個性。）

雖然這麼說，這也只是推理材料不足的想像。

對於光宣這次行動的疑惑，達也決定暫時放在一旁。

◇　◇　◇

達也打電話給光宣時，光宣已經搭乘開往奈良的長距離列車「子母電車」。

只不過，這不構成他無法接電話的理由。

「子母電車」是收納電動車廂行駛的軌道列車衍生型。乘客一般都會移轉到子母電車主體活動筋骨，但也可以留在電動車廂裡。光宣基於某個原因留在車廂。

電動車廂內部完全是個人空間。即使接電話也沒人困擾。

那麼，光宣為什麼不接電話?從結論來說，他沒察覺來電鈴聲。

這時候，光宣剛好正在內心對話。

不是「和自己對話」的思考技術。他正在專心和昔日以系統外魔法吸收，曾經是周公瑾亡靈的「知識」對話，處於聽不到聲音的狀態。

光宣在詢問治療水波的方法。

「知識」的回答很無情。

（要修復她的魔法演算領域很難。）

（意思是沒辦法治療嗎?為什麼?一条家當家不是順利康復中嗎?）

一条剛毅病倒的原因沒公開，但肯定是魔法演算領域過熱。這是十師族之間的共識。「順利康復中」是一条家對外的說法，九島家也證實這是真的。

（一条剛毅受到的傷害，應該沒那麼嚴重吧。）

（那你的意思是說，水波小姐就這麼永遠不會康復?）

（肉體層面應該會康復。關於這一點，醫生也沒說謊。）

（「肉體層面」是指?）

（只要靜養，身體的衰弱或觸覺的鈍化，應該能在較短的時間內復原。）

聽到這裡，發問的光宣稍微放心。

但是擔憂立刻復甦。

（不過，身體出問題的原因是魔法演算領域的損傷吧？沒想辦法解決原因就會復發吧？）

（自然復發的可能性應該很低。她和「我」不一樣，沒以肉體無法承受的強度長時間過度活化想子。）

「知識」的冷靜指摘挑撥光宣的神經。一般來說，想子活性高是優秀魔法師的證據。不過以光宣的狀況，這成為將他綁在病床的枷鎖。

光宣在內心壓制這份無從宣洩的憤怒。現在應該優先尋找治療水波的方法。不是囚禁於自己無藥可救缺陷的場合。

（意思是說，如果提升想子活性，肉體就會再度出問題？）

行使魔法時，想子會在魔法師的內側活化。魔法愈強，活化程度愈高。如果提升想子活性會傷害肉體，今後水波每次使用強力魔法都會倒下。高階魔法事實上都無法使用。

（正是如此。她和「我」不同，條件非常明確，所以應該不會影響日常生活。只不過她和「我」相同，身為魔法師能做的事情將會受限。）

光宣不自覺地咬緊牙關。

無法以魔法師身分活躍。這正是折磨光宣至今的東西。

如果是光宣，絕對無法忍受。

不過，水波呢？

對於水波來說，無法使用魔法是不幸的事嗎？

（……不使用魔法，就可以正常生活吧？）

（說來遺憾，無法這麼斷言。她流著調整體的血。父母恐怕都是調整體的血統吧。即使沒有主動使用魔法，魔法演算領域失控，超過肉體容許範圍的事態也很可能發生。）

（像我這樣嗎？）

（這麼一來，她的狀況就比「我」嚴重。「我」的魄確實缺乏強度，卻同時具備強大的修復力。所以即使經常倒下也免於致死。但以她的狀況，魄一旦損毀，生命可能就這麼走向盡頭。）

（……可是，她這次得救了。）

（應該是某人當場修復她的魄吧。）

是達也。光宣直覺這麼認為。

光宣不知道達也擁有的魔法技能全貌。

不過，兩年前的夏天，他看過電視轉播「祕碑解碼」新人賽。

在那場比賽，達也受到一条將輝可能造成致命傷的過當攻擊，卻奇蹟般成功復活，上演反敗為勝的戲碼。

從那個狀況推測，達也擁有高超的自我修復能力。肯定也能用在其他人身上。

（那麼，如果她在這個「某人」不在的地方「發作」……）

（應該沒救吧。這是一輩子跟著調整體的悲劇，不過以「水波小姐」的狀況，推測會因為這次的事件變得容易發作。）

（最終的「治療」方法，也和我一樣嗎……？）

（和寄生物融合。這應該是最有效的方法。）

光宣停止和「知識」對話。

為了拯救水波，非得讓她成為寄生物。

光宣認為千萬不能這麼做。

不過，「和我一樣」。想到這裡，光宣感覺到某種吸引力。

◇◇◇

正如預告，達也入夜之後和深雪一起來探視，從水波口中問出光宣來做什麼。

「光宣說，他要找出治療的方法？」

「是的，達也大人。」

看來，果然不是單純的探視。聽到水波的回答，達也微微點頭。

聽水波說手被握住，或是手背被摩擦的時候，達也也懷疑光宣別有居心，但還是姑且接受光宣的真正用意是治療水波。

「哥哥，光宣擁有這樣的知識嗎？」

一起聆聽水波說明的深雪，提出這個中肯的疑問。

魔法演算領域的治療，是四葉家長年研究，還看不見終點的難題。

「不能斷言沒有。從去年的論文競賽就知道，光宣對於『精神』的見識遠超過高中生等級。而且前第九研的魔法融入古式魔法的要素，也包含許多精神干涉系的術式。光宣從前第九研的研究成果找到治療魔法演算領域的線索，並不是不可能的事。」

「可是，魔法演算領域本身的研究，是四葉研究員從前第四研時代就一貫鑽研的主題，即使如此也還找不到治療方法。而且光宣自己的魔法演算領域與身體也失衡。如果他擁有這種知識，應該會率先著手治療自己吧？」

「也可能是因為他自己抱持類似的煩惱，所以特別精通。」

達也反駁深雪這個否定的推測，卻在這時說「不……」同時微微搖頭。

「現在討論光宣的能力也沒意義。他說要尋找治療水波的方法。現在就將光宣的善意當成善意收下吧。」

「……說得也是。我問了不必要的問題。」

達也朝深雪點頭，視線移回水波。

「關於水波的治療，這邊的醫生也在努力。本家那邊好像也加快研究腳步，我也不打算袖手旁觀。放心等待好消息吧。」

達也為了讓水波放心而這麼說。

「好的。那個，達也大人……」

不過水波以不安的語氣回應，達也覺得「造成反效果了嗎？」稍微後悔。

「什麼事？」

這份想法當然沒有表現出來。達也以沉穩的聲音與表情催促水波說下去。

「如果有機會，可以幫我轉告光宣大人，請他不要勉強嗎？」

「哎呀？」達也在內心低語。看來水波不安的原因不是治療的成功與否，是關於光宣本人。

「妳從光宣那裡感受到什麼嗎？」

「是的……我覺得，他好像整個人非常緊繃。不只是關心我，還隱藏其他更深刻的煩惱……就屬下看來是如此。」

「光宣的身體狀況沒問題吧？」

「是的。他的身體看起來沒有特別逞強。」

「……哥哥，這令人在意耶。」

大概是水波的不安傳染過來，深雪露出擔心表情仰望達也。

「光宣是聰明人，應該不會亂來……」

達也嘴裡這麼說，卻不是百分百確信。

他也不是熟知光宣的個性。即使如此，如果是去年秋季認識的光宣，達也敢斷言他不會做蠢事。不過達也隱約覺得光宣今天的舉止，和當時光宣的形象不一致。

往第一高中的通學道路，從最近的車站一路筆直。雖然有岔路，但實際上堪稱直通。第一高中的學生們，上下學時幾乎都走這條路。只有住在學校徒步圈內的學生例外。

六月十一日，星期二早晨。走這條通學道路上學的學生們議論紛紛。因為一高學生無人不知的學生會長司波深雪，依偎在一名男學生身旁。

這名男學生也和學生會長一樣是名人。如今在社會上的知名度應該是他比較高。

這名學生叫做司波達也。

他久違上學。

「達也同學！」

一高校門與校舍之間，是一條又長又直的林蔭步道。

達也剛踏上這條步道，前方就有聲音叫他。

和上學學生們走反方向接近過來的人影，不只一個。

「達也同學，你可以回來了是吧？」

知道內情的人投以「拿她沒辦法……」的視線，不知道內情的學生投以奇異的目光，但是穗香不以為意，跑向達也。

「嗯。今天起再度請你們多多關照。」

達也露出一絲苦笑，但還是沒有露出為難的模樣，回應穗香。

達也一邊走，一邊看向穗香背後。

穗香後方不遠處，表情害羞的雫以眼神打招呼。

再往後看是一臉無奈的艾莉卡、雷歐、幹比古與美月。察覺達也視線的艾莉卡輕輕揮手。

深雪確保左側位置，穗香並排在右側。達也和他們兩人一起進入校舍。

魔工科的校舍出入口在二科生這邊。A班至D班、E班至H班使用不同的出入口，基於校舍構造不得不這麼分。

達也在前庭和深雪、穗香、雫、幹比古道別，和艾莉卡、雷歐、美月一起前往教室。

也好久沒來三年E班的教室了。此外艾莉卡與雷歐是F班，卻就這麼跟來E班。

「桌椅還在啊。」

坐在窗邊座位的達也說出的這句話不是挖苦，是單純的感想。

艾莉卡他們沒說什麼，露出苦笑。
美月坐在旁邊座位，整個身體側坐面向達也。
「恆星爐計畫那邊還好嗎？」
「不，當然很忙。所以可能很難每天上學。」
聽到達也的回答，美月臉上掠過一絲寂寞表情。
但她立刻以笑容隱藏。
「這樣啊。不過，光是偶爾來上學，我們就很高興了。」
美月說完，從另一側窗戶探出上半身的艾莉卡「嗯嗯」點頭回應。
「即使只有早上跟放學時護衛深雪也好。沒有你果然覺得缺了些什麼。」
「護衛深雪嗎……」
艾莉卡說得完全無視於學校存在的意義，達也忍不住苦笑。
不過艾莉卡這番話意外切中核心。
「這麼說來達也，櫻井狀況不太好？」
雷歐在意水波缺席的原因，在於她是同社團的學妹。
「醫生說沒有後遺症。不過，好像還要一段時間。」
「這樣啊……」

雷歐關心的是水波的身體狀況，但達也的場合不只如此。

達也當然純粹希望她康復，這不是謊言。但達也同時也在意深雪的護衛該怎麼辦。

昨天讓深雪獨自上下學。無論是不是魔法師，能危害深雪的人應該寥寥無幾，而且即使達也沒在深雪附近也能保護她。

不過，光是有人陪在身旁，就能避免某些麻煩事。即使是四葉家，也很難現在派人進入學校吧。不，或許能以職員或事務員的身分進入，卻不可能安排學生貼身保護。即使只在上下學時間也好，必須由自己護衛深雪，達也沒聽艾莉卡這麼說之前就想過這麼做。

達也復學（？）回到第一高中，不是因為狄俄涅計畫相關的騷動平息。達也上週提出對抗方案之後，這場騷動反而加溫。

一高周邊看不見媒體的身影，應該是歹徒持槍殺人未遂事件的影響。或許是因為「托拉斯．西爾弗」的真實身分已經曝光，所以再也不需要賭命採訪。

感覺這場騷動如今離開達也周邊，擴展為世界規模。四大國之中，新蘇維埃聯邦支持USNA的狄俄涅計畫，反觀印度波斯聯邦，雖然政府沒有發表公開聲明，不過實質上的態度是支持達也的ＥＳＣＡＰＥＳ計畫。

大亞聯盟尚未表態。

四大國以外的國家，歐洲大多支持狄俄涅計畫，西亞到東南亞支持ＥＳＣＡＰＥＳ計畫，巴西與澳大利亞和大亞聯盟一樣沒站在任何一方。

雙方陣營表面上沒有競爭的樣子，事態卻變得複雜。狄俄涅計畫與ＥＳＣＡＰＥＳ計畫，在「和平利用魔法」這一點是一致的。而且雙方在檯面上都沒有排除對方。依照公開的資料判斷，即使實施狄俄涅計畫，也不會導致ＥＳＣＡＰＥＳ計畫再也無法推進，反之亦同。只是單一魔法師無法同時參加雙方的計畫罷了。

兩項計畫是可以並立的。經由這份認知，達也和克拉克之間展開的宣傳戰，由達也占上風進行。與其說是達也比克拉克聰明，應該說這是「猜拳後出」的優勢使然，不過這場戰鬥不是有裁判的競賽。不管後出還是出老千，只有勝利才具備價值。

在理論戰鬥屈居下風的艾德華．克拉克，依賴了名為「權力」的後門。

第一高中正在上第一堂課的時間，國防陸軍一〇一旅總負責人佐伯廣海少將來到防衛省的辦

公大樓。統合軍令部也設在這裡，不過今天命令她來報到的是文官組值勤的部門。

佐伯上午就返回基地，一回到司令室就叫風間過來。

「要將達也……更正，將司波達也先生……」

「中校，不必刻意改口喔。」

像這樣打斷別人說話，不像佐伯的作風。她沒隱瞞自己的不悅情緒。

與其說為難，會心一笑的感覺更強烈，站在辦公桌前的風間非得朝腹部使力才能強忍失笑。

「……恕下官失禮。上頭命令您說服達也參加狄俄涅計畫嗎？」

「外務省的課長，沒有對我下令的權限。」

在防衛省會議廳等待佐伯的，是外務省北美局的課長。如佐伯所說，外務省沒有對國防軍下令的權限。她在會議室聽到的話語，也是使用委託的形式。不過防衛省書記官也在場的那段發言實際上具備強制性，換句話說無疑是命令。

軍人不喜歡命令系統亂掉。軍官尤其有這個傾向，佐伯也不例外。她的不悅大多起因於此。

「這份委託來到閣下這裡，是因為達也是『大黑龍也特尉』嗎？」

「好像是。」

在板著臉的佐伯面前，風間發出藏不住的嘆息。

「看來文官組不清楚達也『特務軍官』這個頭銜的性質。」

「大黑特尉的地位就某方面來說幾乎跳脫法規限制。行政官員不知道也在所難免。」

如佐伯所說，現在的國防軍在制度上沒有「特務軍官」這個軍階。何況從歷史角度來看，將達也稱為「特務軍官」並不妥當。稱為「非臨時而是常態擁有正規軍官待遇的民兵」應該比較恰當。只不過是因為剛好沒有符合的用詞，為求方便才稱為「特務軍官」。

所以不知道實情的人，難免基於「特務軍官」原本的意思，將達也視為正規軍人。

「但我覺得正因為是掌理法制的行政職，所以應該知道這件事。」

但這始終是「幾乎跳脫法規限制」，國防軍內部依然已經解決法規上的問題。這段過程當然獲得文官組的認可，如果防衛省的職員不知情，那麼即使被譏為怠慢也肯定無從辯解。

「中校的指摘很中肯，但現在應該著眼在另一個問題。」

「恕下官失禮。問題在於是否能說服達也，是否該說服達也嗎？」

風間為自己的離題謝罪，列舉兩個問題點。

「沒錯。」

佐伯也點頭回應。

「首先確認一下這件事的出發點，防衛省與外務省知道達也是『質量爆散』的術士嗎？」

「依照今天的感覺，他們好像沒得知。」

「原來如此。這麼一來，也可以理解他們為何做出這種糊塗的指示了。」

達也是日本擁有最強的魔法戰力。更正，是「戰力」。獨自就能改變全球軍事平衡的鬼牌，湊得出最強手牌的反派王牌。

雖然依照規則可能成為必須排除的棘手角色，但是這個世界容許使用鬼牌。即使這樣還主動放棄這張牌的話，只能說是瘋狂的行徑。如果知道達也是最強的戰略級魔法師，應該不會想讓他參加狄俄涅計畫。

「乾脆認定達也是第十四名『使徒』怎麼樣？」

佐伯露出中了冷箭的表情。但她語塞的時間只有一剎那。

「……這個想法不壞。」

「閣下？」

反倒是風間嚇了一跳。他原本只當成玩笑話來說。

「要是狀況繼續惡化，或許該檢討這個做法。若能公布他是戰略級魔法師，官僚也不會要求將他交給USNA吧。」

「話是這麼說……」

「總之這也要看今後的情勢。先解決當下的問題吧。」

佐伯說完，將透露疲態的表情換掉。

「暫且不提這麼做是否正確，風間中校，你認為可以說服司波嗎？」

「不可能吧。」

即使可能，風間也不忍心勸達也前往美國，但他立刻回答說絕對不可能說服達也。

「這段時間，達也和我們的關係不算良好。雖然是下官自己失態，先前偷拍的那件事也讓他抱持強烈的疑心。」

「那件事也是我判斷失誤。總之，即使我們試著說服也無望成功，結果反倒只會讓我們和他的關係惡化是吧？」

「下官是這麼判斷的。」

佐伯也對風間的判斷沒有異議。

「那你認為我們拒絕外務省的要求之後，討得到司波的歡心嗎？」

「這……很難說。」

另一方面，風間無法認同佐伯這個點子。

「不管我們採取什麼行動，達也都不會參加狄俄涅計畫。他應該不會多麼感謝我們吧。什麼都不做應該是這時候的最佳選擇。」

「這樣啊……」

佐伯看著手邊思索。

風間就這麼站在辦公桌前面不動，等待她再度開口。

「就採用貴官的意見吧。」

「意思是什麼都不做嗎？」

「是的。外務省的要求沒經過正規程序，是非正式的要求。置之不理也不會造成問題。」

雖然嘴裡這麼說，但風間認為佐伯應該打從一開始就打算無視外務省的委託。他之所以被叫來，是佐伯想徵詢是否能反向利用這件事賣人情給達也。風間是這麼理解的。

「中校，辛苦你了。」

「是。下官告辭。」

風間離開司令官室。

姑且告知達也吧？風間腦中這麼想，卻立刻自行駁回。

外務省或國防軍的想法，對於達也來說沒有意義。實在無法成為修復關係的材料。

更重要的是，如果認定達也為第十四名「使徒」的計畫要實際進行，應該得好好確認達也的意願吧。

達也已經以托拉斯．西爾弗的身分，在全世界獲得非他所願的知名度。或許不像以往那麼避諱見光。不過若問達也是否希望被公認為戰略級魔法師，風間敢斷言「Ｎｏ」。在這時候應對錯誤惹達也不高興並非上策。

……居然會思考這種事，代表自己和達也的關係已經疏遠。風間對此憂心忡忡。

夾在達也與艾德華・克拉克之間不知所措的，不只是外務省。

◇　◇　◇

產業省這邊，也因為擔任大臣的執政黨重鎮辦公室施壓而苦惱。從「通商產業省」這個舊名就知道，貿易是產業省重要的管轄範圍。ＵＳＮＡ是這個時代最重要的貿易國，產業省的官僚希望儘早通商摩擦鬧大之前斬草除根。對他們來說，因為單一平民的去留就和ＵＳＮＡ起爭執可不是開玩笑的事。老實說，他們希望達也趕快前往美國。

不過在今天早晨，大臣的辦公室詢問「魔法恆星爐能源設施計畫」實行時需要的立法措施。換句話說，就是要求產業省朝著「不參加ＵＳＮＡ狄俄涅計畫」的方向進行具體檢討。

說起來，狄俄涅計畫與魔法恆星爐能源設施計畫都不是政府決定的公共事業，所以也沒什麼以日本政府身分參加不參加的問題。即使是看起來最積極協助的新蘇聯，表明協助的也不是政府而是學會。現階段日本政府就算什麼都不做，ＵＳＮＡ表面上也不能責備什麼。

能源設施計畫才是在國內進行的事業，所以從法律層面檢討可說是產業省原本的職責。不過大臣的辦公室特地照會這件事，怎麼想都是施壓要求產業省支援。

變成這樣的原因，產業省已經調查完畢。因為大臣的辦公室接到陳情。而且陳情的是執政黨

重要金主的數個大企業集團。

由於並非都來自財經界，所以很可能惹USNA不高興的這項能源建設計畫，應該也有不少財經界人士反對。不過依照產業省的實感，區區一個高中生提出的計畫使得經濟界一分為二。

究竟是從哪裡找到這種門路？又是何時「誆騙」這些老奸巨猾的大老闆？產業省的職員一邊忙於工作，一邊倍感納悶。

◇◇◇

直到上午課程結束，達也都沒離開教室座位。升上三年級之後，魔法相關的專業課程增加，但是基本通識科目可沒有完全消失。缺席時沒上到課的普通科目，達也以三倍速集中聽講。說來遺憾，並不是半天就上得完的份量，但他也不認為今天一天就能補回所有進度。現在是午休時間，所以他起身準備去用餐。

「達也同學，要去吃——」

「司波同學。」

鄰座的美月詢問「要去吃飯嗎」的聲音，被少年的聲音蓋過。

聲音來自十三束。

「美月，妳先去餐廳吧。」

達也向美月如此回應之後，轉身面向十三束。

「十三束，有什麼事？」

「……我想和你談談。」

十三束稍顯猶豫之後，以想不開的表情回答達也。

「會花很多時間嗎？」

達也看起來興趣缺缺，和十三束成為對比。

「應該會。」

「不能等放學後嗎？」

即使如此，達也姑且擺出願意聽他說的態度。

「可以的話，現在就談。」

「不過，會花很多時間吧？」

「這……是沒錯啦。」

十三束支支吾吾。

「幹麼啦，擺什麼架子。只是聽他說說看不行嗎？」

此時傳來一個歇斯底里的聲音。

「平河同學……？」

平河千秋瞪向達也。比起達也，十三束更顯為難。

「居然這麼說……！達也同學又沒說他不聽！」

反駁千秋的是剛才達也要求先去餐廳，卻留在原地的美月。

女生之間出乎意料的場外混戰，因為達也「美月，別這樣」這句制止而不了了之。

「美月。不好意思，今天午休我要聽十三束怎麼說。可以幫我轉達給大家嗎？」

「……知道了。」

美月露出不服的表情，向達也致意之後離開教室。

「十三束，要在哪裡談？」

「那個……那就樓頂吧。」

達也微微揚起眉角，因為在樓頂談話也會被其他學生聽到。

「知道了。」

但是既然十三束接受這樣，那麼達也就不必在意。

「平河同學，謝謝妳。」

十三束對怒氣無處宣洩的千秋輕聲說完，追著早早走出教室的達也離開。

一反達也的預料，樓頂沒人。東京上週進入梅雨季，今天也是烏雲密布的陰天，天空看起來隨時會下雨。沒有學生想在樓頂度過午休時間或許也是理所當然。

樓頂設置長椅，但達也與十三束都沒坐下的意思。

兩人就這麼站著面對面。

「所以，要找我談什麼事？」

打開話匣子的是達也。

「……前幾天，我母親病倒了。」

「聽說魔法協會的十三束翡翠會長住院了。我聽深雪說的。真是天降橫禍啊。」

達也置身事外般評論，十三束露出不高興的表情。

「不過這件事是魔法協會會長與外務省之間的問題。就算找我抱怨，我也很為難。」

達也看見十三束的表情，卻完全沒斟酌他的心情。

「我沒這麼說吧！」

達也無情的說法，使得十三束的聲音染上怒氣。

「向晚輩女生下戰書打架，『沒這麼說』這句話毫無說服力。」

不過，達也惡毒到超過挖苦的說法令十三束畏縮。

十三束至此首度察覺達也雙眼隱含冰冷的憤怒。

「所以十三束，你找我要談的事，是要我成為活祭品，消除魔法協會會長精神上的勞累？」

「我沒說要你成為活祭品！」

「但你想把我趕去ＵＳＮＡ吧？」

「哪有趕不趕的……」

達也話中暗藏的毒，超過十三束的預料。

「我認為……那個計畫真的是為了魔法師著想……」

「十三束，你不知道狄俄涅計畫真正的目的嗎？」

這次達也的聲音帶著些許不耐。

十三束不知道達也是刻意說給他聽，忘記剛才對達也無情態度的憤怒，開始不知所措。

「真正的目的……？」

「狄俄涅計畫的真正目的，是將魔法師趕出地球，束縛在木星圈、小行星帶與金星圈。」

「……你說什麼？」

「衛星軌道上也要布署魔法師，不過這個位置應該會分配給ＵＳＮＡ或新蘇聯、英國的魔法師吧。假設我參加狄俄涅計畫，應該會被送到木星的衛星軌道，十幾年回不來。也可能一輩子流放外島。」

與其說是流放外島，不如說是「流放外星」。達也以挖苦語氣補充的這句話，沒傳入十三束的意識。

「怎麼可能，再怎麼說也……這難道不是你想太多嗎……？」

「我不會要求你將我的說法照單全收。公布的資料，你自己重新看一遍吧。後續等你看完再說。」

達也說完背對十三束。

背後沒傳來叫住他的聲音。

假設十三束自己判斷狄俄涅計畫是有益的計畫，再度來找達也，達也也不會接受他的說服。

不會參加狄俄涅計畫。

不會前往宇宙，將深雪留在地球。

不會拋下深雪前往任何地方。

這是所有人都無法改變的決定。

達也現在做的事情，總歸來說就是拖延時間。

但他希望十三束自行察覺狄俄涅計畫隱藏的惡意，這也不是謊言。

愕然目送達也背影的十三束，在達也身影消失之後，依然就這麼愣在原地。

「……這是怎樣？」

十三束輕聲這麼說，是雨珠落下的觸感使他回神的結果。

「真正的目的？流放到宇宙？哈，這簡直是陰謀論吧？」

像是自嘲般扔下這句話。

但即使他再怎麼想否定，達也那番話依然插在內心沒拔除。

雨勢立刻變大。

十三束不在意被雨淋溼，說不定甚至沒察覺，呆呆佇立在樓頂。

「我沒聽說這種事。這種事，沒人對我說過。」

正確來說，他的周圍沒人講這件事。

他收看的節目沒提出這種意見。

如此而已。

資訊化社會再怎麼進展，單一個人能接觸的資料也有限。

到最後，成為依據的依然是自己的想法。

「真正的目的？這種事是他想太多了。流放到宇宙這種事，輿論不可能允許。」

雖然這麼說，但「自己的想法」也不是自己一個人建立的。會受到自己所接觸的情報影響而逐漸成形。

達也與十三束在經驗、取得的情報與累積的思考都差太多了。

不是孰優孰劣的問題，是彼此性質相差太大。

現在的十三束，難以接受達也得出的結論。

十三束應該才是普通的一方。

他表現出來的抗拒，肯定和大多數人相同。

攻擊伊豆高原失敗之後，艾德華．克拉克屢次打電話給貝佐布拉佐夫，卻一直找不到他。

『果然聯絡不到貝佐布拉佐夫博士嗎？』

「是的，威廉先生。」

克拉克現在是和英國的馬克羅德通話。克拉克所在的洛杉磯是深夜，馬克羅德所在的倫敦是清晨，但因為不知道貝佐布拉佐夫在莫斯科還是遠東，所以克拉克也不能計較時間問題。

「說來遺憾，貝佐布拉佐夫博士似乎想拒絕和這邊接觸。」

『這是沒辦法的……博士是和我們敵對的東側人物，他和我們是同床異夢。貝佐布拉佐夫博士早已決定單獨行動，我們從一開始就不可能控制他吧。』

「這麼一來，貝佐布拉佐夫果然沒放棄再度攻擊？」

克拉克使用的稱呼，從「貝佐布拉佐夫博士」改成「貝佐布拉佐夫」。

『應該是。他始終想使用強硬手段，埋葬那個質能互換魔法吧。』

「如果他願意多等一下就好了……」

克拉克忍不住粗魯抓亂自己的頭髮。

「威廉先生……這麼做有望成功嗎？」

『我認為有希望。不過勝算應該一半一半吧。上次將司波達也逼入困境的程度還算不錯，但我們不知道他的實力到什麼程度。』

「端看司波達也的魔法力而定？……確實如您所說。」

馬克羅德的推測非常不可靠，但克拉克只能同意。

『克拉克博士。以您的「至高王座」也不知道司波達也的實力嗎？』

「……很遺憾。『不可侵犯之禁忌』這個別名，看來不是浪得虛名。」

「不可侵犯之禁忌」是四葉家的別名。達也還沒走上舞台登場之前，克拉克就鎖定四葉家，視為總有一天非得除掉的對象，這部分和達也無關。克拉克之所以將「至高王座」的終端裝置交給真夜，老實說是為了收集四葉家的情報。

不過，四葉家的當家沒有按照克拉克的想法起舞。從四葉真夜的使用歷程，也幾乎查不到司波達也或其他分家魔法師的詳細能力。

『這樣啊……』

馬克羅德失望般嘆息。

雖然馬克羅德沒有侮辱的意圖，卻重創克拉克的自尊心。

『事到如今，只能祈禱貝佐布拉佐夫的第二次攻擊成功了……克拉克博士，抱歉這麼晚還打擾您。』

「不，主動聯絡的是我。抱歉一大早就勞煩您。」

『我在這時間已經正常起床了喔。那麼博士，祝好夢。』

「好的，威廉先生，祝您有美好的一天。」

和馬克羅德的電話結束。

在最後，馬克羅德使用「祝好夢」這個慣用句。

但是克拉克實在不覺得自己能夠安眠。

[5]

星期三到星期五，國內外都沒有明顯的動靜。

達也與艾德華．克拉克的爭鬥，看起來暫時進入平穩狀態。

不過，**雷蒙德**．克拉克的陰謀在背地裡一步步進行中。

六月十五日星期六，北美利堅大陸合眾國德克薩斯州的達拉斯郊外。

這裡有一座國立加速器研究所，擁有全長達到三十公里的線性加速器。

加速器的周圍，從早上就在準備進行祕密實驗。

實施的內容是基於多次元理論的微型黑洞製造與蒸發實驗。之前在二〇九五年十二月也進行過相同的實驗，當時的目的是要獲得質能互換魔法的線索。

不過這次的目的，並不是觀測微型黑洞蒸發所產生的能量。製造微型黑洞的實驗本身不必成功。今天的祕密實驗，是要引出推測躲在這間研究所的特務。

話是如此，但是對於科學家們來說，這是終於獲准再度進行實驗的寶貴機會。即使準備時間短暫，他們也鼓足幹勁以免浪費這個機會。

應付特務的不是情報部人員，也不是反恐攻部隊。是直屬於參謀總部的魔法師部隊STARS。

如果真的有特務潛入，那他應該擁有高超的魔法技能。這也是STARS出動的理由，不過之所以沒有其他部隊前來，主因在於這個作戰原本就是由STARS提出的。

「傑克，沒異狀嗎？」

『隊長，無異狀。現階段沒發現疑似特務的人影。』

能夠監視整個研究所內部的警備中心，由STARS第三隊隊長亞歷山大·艾克圖魯斯坐鎮。他通訊的對象是第三隊一等星級隊員雅各·雷谷魯斯中尉。雷谷魯斯在加速器的管制室定睛注視，要找出應該會做出可疑舉動的特務。

「這樣啊。繼續監視。」

『遵命。』

「隊長。」

艾克圖魯斯拿開嘴邊的通訊機時，星座級的隊員前來搭話。補充說明，STARS的序列是一等星級、二等星級、星座級、行星級、衛星級。這個序列和軍階是兩回事，進行作戰行動時，星座級的士官也經常納入行星級准士官的指揮之下。

「什麼事？」

艾克圖魯斯只以一句話回應部下，用視線催促他說下去。

「日本涉入佛瑪浩特中尉的事件，這個情報有根據嗎？老實說，屬下不認為日本特務有這種能耐。」

在實施這個作戰的階段出現慢好幾拍的這種疑問，是因為完全感覺不到特務出沒的氣息。星座級隊員監視這間國立加速器研究所的行動，並不是今天才開始。是從決定再度進行實驗的第二天，也就是從本週日一直監視至今。但是就算即將進行實驗，也沒發現敵人的蹤影，那麼多少抱持懷疑態度也在所難免吧。

「日本軍去年成功開發出使用寄生物的自律人型兵器。」

為了防止士氣低落，艾克圖魯斯決定向部下公開這個機密程度較低的情報。

「使用寄生物的自律人型兵器？」

「那個時間點只令人覺得早就做好事前準備。雖然沒有直接的根據，但是佛瑪浩特中尉的事件，日本軍很可能涉案。」

這個推理有誤認之處。使用寄生物的自律人型兵器──寄生人偶，原本的構想是應用式神術來驅動。

但式神或人造精靈即使能驅動機體，也無法發揮預期的魔法技能，相較於以電子智慧控制的機體無法獲得優勢。基於這個原因，所以在獲得寄生物之前，這種人型兵器的實用性沒被認同。

換句話說，寄生物是利用在真的只差一步就完成的兵器上，寄生人偶並不是打從一開始就預設要使用寄生物而開發的東西。

不只這件事，提供給雷谷魯斯，又傳達給艾克圖魯斯與渥卡基地司令的「根據」，全都是在表面的事實加上扭曲過的「內情」，藉以讓他們堅信「有日本特務涉入」，促使微型黑洞實驗再度進行。

「原來有這種事……恕屬下失禮！」

這名星座級的隊員，也對扭曲過的根據深信不疑。

話說回來，還沒被發現的可疑人物，已經入侵研究所。

不，正確來說不是沒被發現，而是沒被當成可疑人物。

這也是當然的。

入侵的可疑人物，持有國家科學局發行的通行證。

靠著父親的門路取得通行證（不是參觀證，是臨時員工證）的雷蒙德．克拉克，在研究所辦公大樓樓頂眺望加速器的威容。

謊稱「有日本特務涉入」，誘導進行本次實驗的就是雷蒙德。為了打造出對抗達也的戰力，他想再度召喚寄生物，為此利用了雷谷魯斯的復仇心。

雷谷魯斯無法接受好友佛瑪浩特淒慘遭到處刑，這份無從宣洩的憤怒，雷蒙德提供了一個出口。光是這樣，雷谷魯斯就按照雷蒙德的期待起舞。

魔法師能力遠勝自己的雷谷魯斯與艾克圖魯斯，按照自己寫的劇本上演鬧劇。自己實在高攀不起的菁英集團STARS所屬的魔法師，在自己企劃的舞台表演喜劇。雷蒙德就是來欣賞這齣戲。

只不過，這齣喜劇準備了笑不出來的嚴重結果。雷蒙德就是來確認這一點。

光靠「至高王座」的轉播無法滿足，要現場觀看。這只是為了滿足好奇心與成就感。

真正的職員們都忙於準備原本以為再也沒機會的微型黑洞實驗。沒人責備雙手手肘撐在樓頂扶手無所事事的雷蒙德。

上午十一點。實驗的預定時間到了。

STARS不介入實驗本身。位於加速器管制室的雷谷魯斯不會也不能插嘴。

雷谷魯斯原本就不打算對實驗插嘴。他不關心實驗是否成功。

要對陷害佛瑪浩特的人報仇。這個想法占據他的心。

不只是唆使進行實驗叫出寄生物的特務。逮到特務之後，要查出背後的組織摧毀。他強烈、純粹地抱持這個願望。

雷谷魯斯嚴加監視是否有人輕舉妄動的這時候，管理實驗的科學家宣布啟動加速器。

線性加速器吞食龐大的電力，開始運作。

質子束注入加速器兩端，在撞擊軌道對向加速。

第一次的實驗瞬間結束。原本會重複進行到取得想要的資料，但今天只試行第一次，沒進行第二次。

並不是加速器出問題。

是因為實驗一次就「成功」了。

聽到實驗開始的聲音之後，加速器管制室裡的雷谷魯斯視野就一片漆黑。

雷谷魯斯一瞬間懷疑是停電。

冒出這個疑問，只是一瞬間的事。

下一瞬間，雷谷魯斯感受到強烈的疼痛與壓迫感。

「某物」在侵蝕「自己」。試著強行擠進自己內部。

不是物理上的物體。他直覺理解到，這不是對於肉體的入侵。

就算這麼說，相較於訓練時受過的精神干涉攻擊，疼痛的類型完全不同。

如果雷谷魯斯是有「經驗」的女性，或許會認為近似初體驗的疼痛。但他是男性，想不到該如何譬喻這種痛苦。

與其說要逃離痛楚，不如說雷谷魯斯要逃離外物進入自己內部的噁心感，掙扎想將「某物」

推出去。雷谷魯斯沒有精神干涉系魔法的天分，不知道如何像是驅動四肢般驅動精神。相對的，他使用對抗精神干涉系魔法的想子操作技術與無系統魔法，甚至以拿手的釋放系魔法電擊自己。

不過，對抗精神干涉系魔法的技術與無系統魔法對入侵者無效。自爆般的雷擊魔法甚至沒發動。

侵蝕愈來愈深。

從入侵的「某物」，感覺不到其自身的意志。

只是，「某物」和自己逐漸混合。

「侵蝕」不知何時變成「同化」。

痛楚逐漸消失。

壓迫感逐漸減輕。

——這難道是……寄生物？——

恐懼迅速沸騰湧現。

雷谷魯斯的自我發出哀號。

不過，這就像是蠟燭逐漸消失的最後光輝。

急遽地變得平靜。

無論是恐懼，還是對虛構特務抱持的憤怒，都沉入意識的水底，內心風平浪靜。

（——我叫做雅各·雷谷魯斯。）

（——我／我們被這個世界的人類稱為「寄生物」。）

就這樣，雷谷魯斯成為了寄生物。

警備中心的艾克圖魯斯，在實驗開始之後，立刻明確認知到某種東西入侵自己的精神。

（精靈……？）

他不像雷谷魯斯感受到疼痛或壓迫感，因為他是精靈魔法的好手。

艾克圖魯斯擅長移動系魔法，另一方面也精通召喚精靈的古式魔法。

在自己內部召喚精靈，行使精靈之力的古式魔法。依照現代人的感覺，或許會想像這個魔法是讓魔物附身在自己身上，再利用魔物的力量。

艾克圖魯斯很習慣自己以外的「某物」待在自己內部的感覺。即使「某物」違背他的意志入侵，他也不會狼狽。因為他擁有對付精神入侵者的手段。

艾克圖魯斯的失算，在於入侵者——寄生物擁有自我。

自己以外，擁有精神層面實體的「某物」。

不過，這東西本身沒有意志。

所以，無法和自己做區分。

這東西沒有任何意圖，就只是進入自己內部。

如同水滲入乾布，侵占自己的核心。

自己習得的技術對這個入侵者不管用。得知這一點的艾克圖魯斯內心冒出恐懼。

他召喚精靈，試著趕走這個「某物」。

然而精靈沒回應艾克圖魯斯的召喚。

艾克圖魯斯的「內部」，已經被這個入侵者占滿。

自己以外的某種東西，逐漸侵占自己的內部。

自己與自己以外的某種東西逐漸混合。

「侵蝕」不知何時變成「同化」。

艾克圖魯斯感覺自己逐漸被「填滿」。

這是召喚精靈無法獲得的，真正的一體感。

——這正是人與「聖靈」真正的合體——

這是艾克圖魯斯最後一次基於「純粹」自我的思考。

（——我叫做亞歷山大·艾克圖魯斯。）

（——我／我們被這個世界的人類稱為「寄生物」。）

就這樣，艾克圖魯斯成為了寄生物。

「好痛，好痛，好痛……」

在辦公大樓的樓頂，雷蒙德倒地翻滾。

「好痛好痛好痛好痛……」

他的嘴就只是訴說著痛楚。

自己以外的「某物」侵蝕自己的劇痛。

雷蒙德沒接受過對抗精神干涉系魔法攻擊的訓練，無法承受這種痛楚。

意識被痛楚塗滿，他沒認知到「某物」擠進自己內部的壓迫感。

即使如此，雷蒙德堅定的自我意識，強烈拒絕自己以外的這個東西侵蝕精神。

由於強烈抵抗，所以疼痛也很強烈。

不知道自己正在抵抗，所以也無從阻止。

「好痛好痛好痛好痛好痛好痛——」

無止盡的痛苦，使得精神逐漸損毀。

自我的抵抗力因而變弱，不知道這對雷蒙德來說究竟是幸還是不幸。

自我抵抗力下降，侵蝕速度加快。

雷蒙德失去翻滾的力氣，甚至說不出「好痛」兩個字，無力躺在樓頂地面。

變得像是屍體的雷蒙德內部，他的意志已經化為死屍。

侵蝕急速進行。

同化急速進行。

侵蝕他的「某物」因為沒受到抵抗，所以將雷蒙德的意志保持原形吞噬。

雷蒙德的意志，將「某物」染成他的色彩。

雷蒙德早已認定自己沒有成為主角的能力而死心。

不過，他其實想當主角。

雷蒙德想和英雄傳奇一樣，進行一場洋溢浪漫的活躍。

以魔法征服宇宙。他認為這樣非常浪漫。

對於雷蒙德來說，否定他這篇傳奇的司波達也很礙事。

光靠他的能力，不可能讓司波達也屈服。

以STARS最強魔法師「天狼星」之力也無法對抗。

所以，他尋求寄生物之力。

只要讓寄生物附身在STARS的魔法師，肯定能讓司波達也屈服——雷蒙德這麼認為。

為此，他準備了這個舞台。

為了以寄生物之力，打倒司波達也——

（——這就是雷蒙德的／我們的願望。）

（——雷蒙德／我們希望打倒司波達也。）

（——我叫做雷蒙德．克拉克。）

（——我／我們被這個世界的人類稱為「寄生物」。）

（——雷蒙德／我們要讓司波達也屈服。）

就這樣，雷蒙德心中的扭曲願望成為誓言。

寄生物再度被邀來這個世界。

寄生物同化的不只是雷谷魯斯、艾克圖魯斯與雷蒙德三人。在建築物外面待命的STARS第六隊「獵戶組」的三人也化為寄生物。

除了雷蒙德以外的五人，在實驗結束之後，都沒被「人類」察覺可疑之處，返回新墨西哥的STARS總部基地。

雷蒙德若無其事回到加利福尼亞的家。

◇　◇　◇

六月十六日，星期日。

九島光宣再度來到收納寄生人偶的倉庫。

現在還沒天亮，戶外覆蓋著黑暗與寂靜。家裡應該沒人知道他來這裡吧。父親、哥哥與幫傭肯定都以為光宣在房裡睡覺。

幾天前，光宣向學校請假，當天往返東京探視水波，家裡沒人責備這件事。只有爺爺九島烈露出擔心表情詢問光宣，不過光宣說明理由之後，他只說句「這樣啊」就接受。

爺爺暫且不提，父親與哥哥已經放棄我了。

光宣看見他們的反應之後這麼想。

而且正如預料，隔天之後，他們對光宣的態度比以往還要放任。或許他們誤以為光宣終於自暴自棄。或許認為光宣不知道何時會死掉，所以放任他做想做的事。

光宣很感謝他們如此誤會。因為現在的他，甚至捨不得把時間用在應付家人或幫傭。

想要治好水波。

這個想法填滿光宣內心。

光宣不知道自己為什麼拚命到這種程度。不，或許他其實知道，卻不去意識這一點。可能是他有自己的堅持，不肯承認原動力是「三天就落入情網」這種等同於一見鍾情的輕浮情感。

和上次不同，他使用開鎖的魔法進入倉庫。這個魔法是從周公瑾的知識找到「電子金蠶」之後應用而成。陳祥山入侵魔法協會關東分部的時候也使用這個魔法，但光宣的術式比陳祥山更洗練，完全沒有觸動警報。

冰涼乾燥的空氣包裹光宣的身體。

和上次一樣，裡面沒包含靈氣。

「果然只能靠這個嗎……」

光宣自言自語。

他的內部沒傳來回應。

這句話不是詢問，是用來下定決心的話語。

光宣走到放置在倉庫最深處的「棺材」。

東亞血統的男性屍體，以冷凍狀態安置在裡面。

這是去年冬天在第一高中演習樹林被達也與幹比古封印的一具寄生物。是屍體與假死屍體中的前者。屍體皮膚刻著用來封閉寄生物的文字與花紋。

這具屍體，是寄生人偶所使用寄生物的供給源頭。

只要放鬆封印讓寄生物可以部分逃脫，封閉在屍體的寄生物就會送出自己的複製體，試著打造新個體。

將複製體封入女機人之後，再度封印屍體。

前第九研，現在的「第九種魔法開發研究所」的研究員，以這種方式製造寄生人偶。

寄生人偶生產計畫凍結的現在，這個封印術式依然每隔十二小時由九島家旗下的術士更新。

更新時間是上午與下午的六點。

現在時間是上午四點。

術式的效力差不多開始減弱。

光宣按下棺材側邊的按鍵。

棺蓋自動開啟。

屍體身穿白色壽衣。這是光宣應該歡迎的事。即使是屍體，他也不想看到陽剛男性的裸體。

光宣將右手放在冰凍屍體的胸口。

只傳來堅硬的觸感，當然感覺不到心跳。

光宣從手掌輸入想子給冷凍屍體。

經過數秒的延遲，產生靈子的波動。

在屍體裡處於休眠狀態的寄生物清醒了。

光宣倒抽一口氣。

咬緊牙關，緊閉嘴唇，停止呼吸。

跨越瞬間的躊躇。

光宣解除了屍體施加的封印術式。

下一瞬間，屍體內部蹦出以光組成的史萊姆。

光宣看見的光景只能這樣形容。朦朧發光，沒有實體的不定型生物。從大小來看，與其說是「變形蟲」。形容為「史萊姆」比較適當。

「史萊姆」襲擊光宣。

光宣沒躲避。

反倒像是邀請「史萊姆」——邀請寄生物般張開雙手。

光宣穿的夏季毛衣胸口中央，浮現幾何學的花紋與文字。

是光宣自行藏在毛衣的魔法陣。

寄生物像是被吸入般跳進這個魔法陣。

光宣口中發出痛苦的聲音。

折磨精神的異物感令他板起臉，坐在倉庫地面。

盤腿之後，左腳放在右大腿上。這是叫做「半跏趺坐」的坐姿。

光宣壓制痛苦維持這個姿勢，發動冷卻魔法。

降低體溫，進入假死狀態的魔法。

發動對象是光宣自己。

光宣讓肉體接近假死狀態，將意識朝向自己內側。

肉體的假死狀態，是用來抑制生物對寄生物的抗拒反應。

意識朝向內側，是避免自己放開主導權。

光宣一邊讓自己被寄生物侵蝕，一邊嘗試支配寄生物。

他絲毫不想將自己的意志交給寄生物。

他要在維持自我的狀態，只取得寄生物的能力。

（我不會輸給沒有自我的「生物」！）

光宣細心注意別殺死寄生物，在自己內部行使收服寄生物的術式。

（我不能失去這份心意。）

（只要這份心意稍微消失，我拋棄人類身分就沒意義了！）

光宣讓自己背負不利要素對抗寄生物，同時在內心咆哮。

（如果我不能維持我自己，哪能讓她依然是她自己！）

他下定決心成為寄生物，是為了不讓水波死亡。

如果只是為了逃離這具脆弱的肉體，光宣不會想拋棄人類身分。

他並不是屈服於周公瑾的知識帶來的誘惑。

即使成為寄生物也能維持自己的心，維持自我。他要親自確認這一點。

即使人類的身體屈服於寄生物，人類的心也能征服寄生物。若能確認這一點，到時候才能首度用這個方法治療水波。

這是拿自己當白老鼠，是一種自我犧牲。

或者說，這是將自己的肉體當成祭品奉獻出去，藉以獲得「魔」之力的儀式。

或許因為對自己的人生心灰意冷，才做得出這個決定。

不過光宣有勝算。不，他擁有「絕對要成功」的意志。

他找不到其他的方法。

由於不小心獲得周公瑾的知識，所以他得知沒有其他的方法。

既然別無他法，就只能讓這個術式成功。

絕對不容許失敗。

這份堅定的意念，是光宣現在最強的武器。

如果只是打倒精神生命體，技術也可能成為致勝關鍵。例如深雪埋葬寄生物融合體的「冰霧神域」。

但如果是想讓精神生命體服從，光靠技術還不夠。

對方不是周公瑾這樣的亡靈，不是失去生命的殘骸。

雖然沒有物質上的形體，卻是主動捕食、增殖的生物。

要豢養為自己的一部分，必須具備不被對方吃掉的心理強度。

盲目的執念，逼得光宣做出這個糊塗的行為。

然而這份強烈的心意，為乍看魯莽的這場賭局帶來勝利。

——服從我，成為我的一部分吧！

在光宣咆哮的同時，寄生物的同化程序結束。

（——我是九島光宣。）

（——我聽到一個想要和我連結的聲音。）

（——輕聲說，要我合而為一。）

（——不過……）

（——我就是我。）

（——不是「我們」。）

即使和寄生物同化，光宣依然是「九島光宣」。

他解除施加在肉體的冷卻魔法，仰躺倒下。

凍傷迅速治癒。

這種治癒再生能力，應該是成為寄生物的恩惠吧。

光宣隱約知道，額頭深處形成某個至今不存在的器官。

不過，這東西目前沒對光宣的意識造成任何影響。

笑意湧上心頭。

光宣就這麼躺在倉庫地面，愉快地發出笑聲。

[6]

六月十六日，星期日傍晚。

差不多該回去了……來探視的深雪開始這麼想的時候，水波病房迎來新的訪客。

「您好，請問哪位？」

深雪回應敲門聲，伸手制止畏縮的水波，從凳子起身走向房門。

「我是九島光宣。」

「光宣？」

深雪在中途停下腳步，轉身看向水波。

水波露出害羞表情點頭。

深雪嘴唇不禁綻放笑容。

「來了，我現在開門。」

深雪打開病房的門。

深雪與光宣，以伸手可及的距離面對面。

沒人看見這幅光景，不知道是幸還是不幸。

擁有天上美貌的少女。

具備超凡美貌的少年。

畫家或許會在羊皮紙簽名，以自己的靈魂為代價，將這一瞬間描繪在畫布上。

詩人或許會因為找不到讚頌這幅光景的話語而絕望，最後自我了斷。

「光宣，歡迎。你來探視水波嗎？」

「是的。那個，我可以進去嗎？」

不過對於兩名當事人來說，這只是日常的一幕。

「請進。」

深雪不是為光宣帶路，而是讓路給他。

光宣拿著以淡粉紅色玫瑰、同色非洲菊與橘色康乃馨搭配而成的花藝擺飾。深雪認為他直接送給水波比較好，所以貼心讓路。

正如預料，送出擺飾的光宣臉頰染上一抹淡紅，稍微從水波身上移開視線，收下擺飾的水波眼角泛紅，害羞低頭。

好想就這麼一直看下去……深雪差點被這份誘惑驅使，但是這樣終究有點壞心眼，所以她改變主意。

「光宣，謝謝你。水波，要擺在哪裡裝飾？」

光宣與水波身體同時抖了一下。

深雪費了一點工夫才忍住笑意。

「那……那個，既然這樣，請擺在那裡……」

深雪笑盈盈從水波手中接過花藝擺飾，放在她指定的邊桌上。

「請……請問，達也在哪裡……？」

無法承受難為情氣氛的光宣，唐突改變話題。

「哎呀，光宣，你有事找達也大人？」

深雪之所以立刻回應，不知道是因為同情光宣，還是因為他提到達也的名字。大概兩者皆是吧。

「剛才他去找醫生，所以現在應該也還在那裡。有急事嗎？」

「不，並不是急事，但我想找他商量一件事。」

「找我商量？」

這個聲音從沒關的門外傳來。

「達也大人！您和醫生討論完了嗎？」

「嗯。想問的事情姑且問完了。」

達也回答深雪的問題，同時進入病房關上門。此外，深雪沒關門不是忘記，是故意的。她覺得即使有兩名女性，和男性一起待在密閉的房間也不太好。

「所以光宣……」

達也說著和光宣四目相對，停頓片刻蹙眉。這好像是下意識的行動，他立刻回復為平常的表情。

「要找我商量什麼事？」

達也將中斷的話語說完。

話鋒轉到光宣這邊，但他沒有立刻開口。不對，是沒能開口。

「……是關於水波小姐身體的事。」

最後，他難受地擠出這句話。

「我知道了。換個地方吧。」

「請等一下！」

看到光宣非比尋常的樣子，達也貼心這麼說，但是對這個判斷提出異議的不是別人，正是水波本人。

「達也大人，光宣大人。既然是關於我身體的事，也請讓我聽兩位討論。」

「可是……」

水波的要求令光宣面有難色。

「拜託您！我想知道真正的狀況。」

「……知道了，水波小姐。」

不過到最後，他答應水波的要求。

「我離開比較好嗎？」

「不。」

深雪詢問的對象是達也，但光宣與水波異口同聲回答。

光宣與水波相互以眼神禮讓對方說下去。

「……我覺得深雪小姐也知道比較好。」

水波默默點頭附和光宣這句回答。

進行這段問答時，達也從病房角落拿光宣與他自己要坐的凳子。

「先坐吧。」

光宣露出畏縮表情，坐在達也拿來的凳子上。

深雪回到光宣來訪之前所坐的枕邊凳子，達也坐在她身旁，光宣則是坐在床尾那一邊。

和達也、深雪與水波面對面的光宣，以依然沒捨棄躊躇的表情開口。

「……我不知道醫生怎麼說的，不過水波小姐的『傷』不會完全痊癒。」

光宣說得一點都不委婉，大概是內心沒有餘力。

他這句話造成最大打擊的人是深雪。她雙手摀嘴，睜大雙眼僵住。

水波至少表面上沒做出受到打擊的反應，承受光宣的話語。

至於達也……

「──看來達也一樣早就知道了。」

他只以冷靜的眼神回看光宣。

「不，我不知道，而且你說不可能完全痊癒，我也不同意。因為你認為的『完全痊癒』和我認為的『完全痊癒』應該是不同的意思。你想說的是水波的魔法演算領域無法完全復原吧？」

「達也，你認為只要症狀沒惡化，就算是完全治癒吧？」

「也不是。不過爭論細部定義也沒有。你真正想探討的問題是什麼？」

「……調整體的肉體，缺乏生物的穩定性。」

「猝死的問題嗎？」

「嗯，是的。明明醫學上沒有任何異常，卻像是燭火被突如其來的風吹熄，某天突然迎接死神的到來。」

達也視線前方，光宣的雙眼染上昏暗的顏色。

「──這是我和水波小姐都背負的宿命。」

「為什麼……」

為什麼你知道水波是調整體？

深雪差點輕聲這麼問。

水波就只是目不轉睛注視光宣。

「魔法演算領域損傷，導致猝死的風險增加。光宣，這是你想說的嗎？」

「是的。看來達也你也知道。」

「關於調整體的猝死，我從之前就在調查。因為我一位親如家人的人就是這樣走的。」

「這樣啊……」

光宣猶豫這時候是否該悼念幾句，但他覺得不知內情的自己說什麼好像都沒誠意，所以打消念頭。

「魔法演算領域過熱，會撼動肉體隨附的情報體導致損壞。情報體的破損會反映到實體。一般來說，魔法演算領域的活動，會抑制在不會破壞己身的範圍，但是調整體的這道安全閥沒有好好運作——這是我認為最適切的假設。」

「我也認為這個說法正確。而且魔法演算領域過熱，感覺總是伴隨著這道安全閥的破損。」

「光宣，你的意思是安全閥破損導致過熱？」

「我不知道究竟是安全閥損壞引發過熱，還是過熱破壞安全閥。」

和這番話相反，光宣臉上看不出缺乏自信的不可靠表情。

「不過，因果關係在這時候不重要。」

光宣沒從達也身上移開目光，如此斷言。

「安全閥損壞了。這個結果才重要。」

現在的問題是什麼？光宣切入核心。

「不是嗎？」

「確實是這樣。」

達也全面肯定光宣的主張。

「光宣，你擔心水波突然遭遇魔法演算領域無預期的異常運作，因而受到重創？」

「是的。」

這次是光宣點頭同意達也的說法。

「以水波小姐現在的狀態，調整體的悲劇愈來愈可能成真。這是我的想法。」

「可是，不是說沒有方法修復魔法演算領域嗎？還是說，只有安全閥不一樣？」

光宣沒有立刻回答。

「……光宣，你應該帶了某個解決之道過來吧？」

達也投以這個更深入的問題。

光宣低下頭，像是要逃離達也的視線。

「……嗯。」

這短短的回答，若是和達也四目相對大概說不出來吧。

「是什麼方法？」

「…………」

「光宣。」

達也從凳子起身，橫跨半步。

不是遠離病床，是接近病床。

如同將深雪與水波保護在身後。

「你……變成了什麼？」

光宣抬起頭。

仰望達也，揚起兩邊嘴角。

達也至今從來沒有忘記過這種微笑的方式。

光宣現在露出的笑容，酷似先前在京都看見的周公瑾笑容。

「——這樣的話，你看得出來嗎？」

深雪猛然起身。

光宣身體飄出的這種想子波動，這股妖氣，深雪有印象。

「寄生物？怎麼會，難道……！」

水波忘記眨眼，注視達也的背。

她的視線固定在被達也身體擋住看不見的光宣。

「請不用擔心。」

光宣起身，朝達也與深雪一笑。

這張笑容沒有周公瑾的影子。

「我是製造出寄生人偶的九島家成員。在九島家之中，也是僅次於爺爺的第二強魔法師。已經習得支配寄生物的方法。」

「不是吧。」

達也否定光宣的話語。

光宣不明就裡，以視線反問達也。

「不是第二強。你是九島家的最強。是冠上『九』之名的魔法師頂點。」

達也笑也不笑，以嚴肅表情與缺乏起伏的語氣回答。

「……我好開心。」

光宣露出純真的笑容成為對比。

「居然能得到達也的認同。」

即使是能抽取對方靈魂的這張笑容，達也依然完全不為所動。

也完全沒有掉以輕心。

「真是的，請不要這麼提防。」

欠缺緊張感的是光宣這邊。

他一臉困惑，眼神游移不定。

「即使成為寄生物，我仍然是我。沒被侵蝕自我。我沒有襲擊人類的意思，除此之外，也沒被我以前沒有的慾望折磨。」

「不過，九島光宣原本是人類。現在的你是寄生物。」

「這……是沒錯啦。」

光宣露出有點受傷的表情。

「即使如此，我仍然是我。我現在也是九島光宣。只要擁有正確應對的知識與能力，即使和寄生物融合也不會失去自我。我親身證明了這一點。」

光宣以重新振作的表情，抱持強烈的確信，對達也、深雪、水波這麼說。

「不必害怕成為寄生物。」

「光宣，你——」

達也以壓低音量，卻依然能清楚聽見的聲音細語。

「想讓水波成為寄生物？」

深雪迅速從一直拿在手上的手提包取出CAD備戰。

「——寄生物的身體，對於想子波動的耐性很高。」

從光宣的回答聽得出躊躇。這或許可以說是光宣沒有「改變」的證明。

「只要和寄生物融合，即使魔法演算領域失控，也不用擔心肉體受損。寄生物比人類魔法師更『接近』魔法，或許不必擔心魔法演算領域失控。」

「一般來說，這種時候應該徵詢水波本人的意思吧。」

達也在光宣與水波之間動也不動。就這麼擋住兩人的視線。

「不過，這裡就容我這個主人任性一下吧。」

正確來說，水波的主人是深雪，但在這個場面不需要這麼嚴謹。

需要的是插嘴的根據。

「我駁回你的提議。不准你讓水波變成寄生物。」

「達也？」

光宣真心感到驚愕。看來他認定達也不會反對他的點子。

「可是這樣下去，水波小姐不知道什麼時候會突然死掉啊！」

「如果原因是魔法演算領域失控，不用成為寄生物也有應對方法。」

「就說了，魔法演算領域不可能修復！如果至少能取回安全閥的功能，我一開始就不會這樣提議！」

「不必依賴安全閥，只要從外側封印魔法演算領域，就不必擔心失控。」

光宣睜大雙眼。

他向後踉蹌一步，兩步，好不容易重新站穩。

「達也，你的意思是……要奪走水波的魔法？」

光宣對此難以置信。

奪走魔法師的魔法。這是奪走魔法師生存意義的行徑。

對於只以「優秀魔法師」當成依靠活到今天的光宣來說，這種話光是說出口就無法原諒。

「因為我希望水波活下去。」

「為此，你要讓她不再是魔法師嗎？」

「成為魔法師並不是人類唯一的生活方式。水波能以平凡女孩的身分度過更和平的人生。」

「達也，這是你的願望吧！你沒有權利奪走水波小姐的魔法！」

「沒錯，這確實是我的願望。我將會奪走水波的魔法。不過光宣，你的願望將會奪走水波的『人類身分』。你明白這個結果嗎？」

「那就請水波小姐選吧！這是她的人生。如果水波拒絕成為寄生物，那麼我也會死心。水波小姐！」

達也依然就這麼擋住光宣的視線。

但是光宣不以為意，朝水波大喊。

「我不想讓妳死！也不想搶走妳的魔法！求求妳，變得和我『一樣』吧！」

水波表情大為驚慌。

她沒有意願成為寄生物。

也不可能立刻下定決心拋棄人類身分。

所以，暫且不提是否要捨棄魔法，當下她想交由達也處理。

然而光宣的這句話，強烈撼動水波的心。

「光宣，我說過吧？」

不過，達也像是要斬斷這份迷惘。

「我駁回你的提議。」

他以強硬如鋼的聲音，斬下光宣的話語。

「達也，請讓開！我想和水波小姐說話！」

光宣終於激動了。

光宣朝達也使用魔法。

是單純的移動魔法。希望妨礙他和水波對話的達也往旁邊移動。光宣的這個意圖塑造出這個魔法。

不過，其中沒包含加速或減速的工序。

是瞬間達到最高速，明確的攻擊魔法。

達也反射性地做出正確的反應。

以「術式解散」分解襲擊他的魔法式。

「光宣，你這是什麼意思？」

「少囉唆，讓開！」

光宣把「優秀魔法師」這個身分當成依靠。

魔法技能不輸任何人。這是他的內心支柱。

達也讓他的魔法失效，使得光宣在這時候火上心頭。

氣壞了。

除了不戰而敗未嘗敗績。經驗的不足在這裡成為惡果。

對於以往因為體弱多病而放棄一切的光宣來說，「只要健康……」的這個想法，簡直是一種執迷不悟。

——只要健康，比魔法我不會輸給任何人。

雖然是僅僅一次的攻防，但這個想法被推翻了。

現年十七歲的不成熟少年即使因而失去自我，也十足有同情的餘地——前提在於他是普通的少年。

然而光宣不是「普通人」。

如今，他甚至不是「人」。

比剛才更強，更快的魔法襲擊達也。

達也這次也以「術式解散」讓這個魔法失效，卻不像第一次那麼從容。

達也的意識切換為毫不留情的戰鬥魔法師。

達也將襲擊的魔法分解之後，一口氣接近光宣。

右手掌按在光宣腹部。

不是打擊。這種力道反而適合形容為「輕放」。

下一瞬間，達也右手使出魔法。

零距離射出的「加速」魔法。

這個魔法不只是作用在手掌接觸的部分，是將光宣整個身體向後震開。實際上，光宣的身體飛到半空中了。

但是達也的手沒留下手感。

本應重重撞在門上的光宣身體，靜靜由門板接住，輕盈落地。

光宣將達也發動的加速魔法當成踏台。對自己行使加速魔法跳到房門，中和慣性消除衝擊力道，和達也拉開距離。

「深雪，領域干涉最大輸出！」

「是！」

達也的指示，在光宣腳還沒踏地之前就傳達。

光宣著地的同時，深雪的領域干涉覆蓋病房。

光宣瞥向視線相交的水波，打開門鎖猛然開門。

深雪的領域干涉，將效果範圍指定為病房內。

達也還沒踏入攻擊間距，光宣就前往走廊——離開領域干涉的效果範圍。

固定窗的玻璃粉碎往外飛散。

光宣和達也一瞬間四目相對，從失去玻璃的窗戶跳出去。

達也沒誤解光宣視線的意思。

「深雪，在水波身邊保護她。」

「哥哥呢？」

「我去接受光宣的挑戰。」

光宣並不是從深雪的領域干涉夾著尾巴逃走。

——在病房內戰鬥，會造成無謂的損害。

——或許會害得水波受傷。

光宣不願意這樣，引誘達也出去。

要是達也留在這裡，光宣應該會暫時撤退。

但是光宣執著於水波。達也在剛才的短暫互動就徹底理解這一點。

光宣不知何時會再度前來抓走水波。

達也的最優先事項是保護深雪。

何況是孤男寡女，達也不能二十四小時陪在水波身旁。

在這時候剝奪光宣的戰力並且抓住他，才是最佳選項。

達也跟著光宣跳出破損的窗戶，降落在醫院中庭。

這間病房在四樓。

並不是不能只以身體能力跳下去，但達也不喜歡在剛著地時對光宣露出破綻。光宣還是人類的時候就已經是不同凡響的高手。

達也從記憶領域的魔法函式庫，叫出慣性控制的術式。

以「閃憶演算」發動慣性控制魔法。

只在著地的瞬間，中和施加在自己身上的慣性。

以人工魔法演算領域行使慣性控制魔法的同時，以原本的魔法領域發動分解情報體的魔法「術式解散」，消除光宣使出的釋放系魔法「電光」。

「果然是『術式解散』。剛才看見的時候還以為看錯，不過相傳只能在實驗室成功的高難度魔法，你居然能在實戰發動成功，該說不愧是四葉的直系嗎？」

光宣以壓抑情感的語氣搭話。看來他的怒火已經消退。

「為了自己執著的事物，不惜單方面使用強硬手段。光宣，這是寄生物的行動樣板。」

遭受出乎意料的指摘，心情回復平靜的光宣表情掠過一絲慌張。

「人類時代那時候的你，無論如何肯定不會做出這種獨善其身的事情。」

「這絕對不是什麼獨善其身的事情！我這麼做並沒有錯！」

光宣朝達也發射釋放系魔法「人體引火」。

消除人體的魔法防禦，從構成細胞的分子強行抽取電子釋放到體外的魔法。皮膚表面產生的放電看起來像是人體自然引火現象，所以命名為「人體引火」，但實際上是奪取分子結合用的電子，使得細胞以分子層級崩解的恐怖魔法。

射向達也的「人體發火」即將發動時，達也將魔法式分解。

即使以達也的分解魔法，也是千鈞一髮才趕上。

恐怖的魔法發動速度。

光宣的速度原本就卓越，和寄生物融合之後，發動速度更加提升。

達也的失算，在於剛才要打擊光宣心理所說的那番話造成反效果。

光宣的魔法精確度，沒有因為心情被擾亂而打折扣。甚至令人覺得他的魔法演算領域反倒因為激動而活化。

已經不可能手下留情了。

至少對於達也來說，和光宣認真交手非他本意。因為光宣出現在病房時沒有敵對的意思。

達也徹底感受到自己的溝通能力不足。

然而如果沒剝奪光宣的戰鬥能力，就連後悔都做不到。達也朝光宣使出「分解」。

不使用CAD。使用CAD的話，跟不上光宣的速度。要不是「誓約」的封印完全解除，達也大概無從對抗光宣的速度吧。

被達也的情報體分解魔法命中，光宣的「身影」消失無蹤。

光宣的身體出現在隔一個身體寬的右側。

偽裝魔法「扮裝行列」。達也分解的是「扮裝行列」製造的幻影。

達也使出魔法。

「主體出現在幻影右側」的認知，改寫為「主體位於幻影所站的左側」的認知。

達也分解了欺瞞方位的魔法「鬼門遁甲」。

（——光宣融合的不只是寄生物。）

前第九研的研究主題，是讓現代魔法吸收古式魔法。

前第九研曾經研究大陸古式魔法「鬼門遁甲」的可能性不是零。

不過，這個「鬼門遁甲」不是學習相同術式之類的成果。

魔法具備個性。就算使用相同魔法產生相同效果，只要術士不同，發動程序或痕跡就會出現微妙的差異。魔法的完成度愈高就愈不容易看出差異，不過這也是依照觀察者與被觀察者的水準差距而定。

達也的「視力」從光宣使用的「鬼門遁甲」清楚看見周公瑾的個性。

（他什麼時候吸收了周公瑾的亡靈？）

達也在內心獨白的時候，空中出現魔法般的放電徵兆。

釋放系魔法「青天霹靂」。

將空氣等離子化，從中抽取電子流射向攻擊對象。攻擊對象帶負電之後，會暴露在剛才剩下的陽離子洪流，屬於兩階段的攻擊。

光宣的「青天霹靂」，是在達也分解「扮裝行列」與「鬼門遁甲」時施放的。即使達也現在開始分解這個魔法式，「青天霹靂」也會先發動。

達也從函式庫選擇「導電皮膜」的魔法式。釋放系魔法「導電皮膜」是將身上衣服與鞋子的表面電阻下降到幾近於零作為接地裝置，將雷擊電流導向地面的防禦魔法。

達也在人工魔法演算領域設置呼叫出來的魔法式，準備以閃憶演算發動「導電皮膜」。

然而在同一時間，增加電阻的魔法式命中達也。這個魔法本身的威力不強，卻和「導電皮膜」的「將電阻下降到幾近於零」這個定義產生衝突，導致兩個魔法都出現破綻。

用來防禦的魔法發動失敗，「青天霹靂」的電子流襲擊達也。

達也忍住哀號，主動在醫院中庭打滾。

這片中庭是天然草皮。底下是土壤地面。

達也身上的電荷流入地面，陽離子被地面吸收。

達也單腳跪地然後起身。

光宣露出意外表情，愣在原地不動。

即使承受得了痛楚，被電子雨拍打的肌肉也肯定無法自由活動——光宣這麼認為。

這不是光宣掉以輕心。只不過，無法否認他被常識囚禁。

趁著這個機會，達也的「雲消霧散」終於逮到光宣的身體。

光宣的右大腿根部噴血。

不只是右腿，左腿似乎也無法使力，光宣四腳朝天倒下。

為了完全封鎖光宣的行動，達也也瞄準左腿、左肩與右肩。

不過，倒在該處的是沒有實體的影子。

達也身後出現魔法般的放電徵兆。

達也頭也不回，連回頭的時間都省去，以「術式解散」消除「青天霹靂」。他的「眼」並不是只聚焦在「青天霹靂」的魔法式。

達也三百六十度全方位尋找光宣的實體。

從右方貼地射過來的「熱風刃」（將空氣隔熱壓縮為鋒利薄片發射，屬於「空氣彈」的變化型），達也之所以能夠破壞，就是眼觀四面的成果。

達也的「分解」使得熱風之刃解除壓縮急遽膨脹。由於下方是草皮，所以達也沒被塵土剝奪視力，但是頗為強烈的風令他不禁瞇細雙眼。

在眼皮半閉的狀態，達也不以為意猛蹬地面。

不是往右，是往左。

往左翻身的達也正前方，傳來些許的慌張。

大概是被發現的慌張吧。

這股氣息的亂流，將光宣的正確位置告訴達也。

從腳邊往上竄的電光魔法，在即將成真之前消除。

拘束身體的減速牢籠，在發動之後分解。

迎面而來的空氣彈與熱風之刃，因為空氣壓縮無效化而消散。

接連襲擊過來的光宣魔法，如今每一記的威力都足以致命。

達也將這些魔法悉數破解，接近光宣到拳頭可及的距離。

達也伸出右手。只伸直食指，收起其他手指，這是叫做「一本貫手」的招式。

這根食指貫穿光宣身穿的衣服，貫穿皮膚，深深插入光宣左手臂根部。

不是以空手道或拳法鍛鍊手指的成果。達也以自己的指尖為起點發動「雲消霧散」。

光是以肉眼或魔法視力瞄準，會因為九島家的祕術「扮裝行列」而失準。

所以達也接近到極近距離，使用零距離的「分解」。

這麼一來，即使五感全都被騙，即使不只視覺或聽覺，連觸覺都被騙，只要命中對方的身體就能確實造成傷害。

光宣發出哀號。

光宣想使用寄生物的精氣吸收能力，但是達也已經先抽出手指。

這次達也以左手食指，瞄準光宣的右手臂根部。

光宣沒能反應，右肩內側也被插出一個洞。
達也從光宣身體抽回左手。
然而在這時候，達也遭受出乎意料的反擊。
他的左手腕被光宣本應不能動的左手抓住。
急遽的脫力感襲擊達也。
某種東西從左手腕被吸取。
不是想子。是類似生命能量的東西。
是寄生物的精氣吸收能力。
吸收只在一瞬間。達也在左手腕被抓之後，立刻反射性地扭動手臂，掙脫光宣的拘束。
同時右手刀往下揮，將光宣的左手從手腕上緣砍斷。
光宣以右手接住自己掉落的左手，縱身向後跳。
明明看起來不是很用力，光宣的身體卻後退五公尺的距離。
光宣將左手接在切面。
這次輪到達也瞠目結舌。
光宣的左手轉瞬之間接回原狀。
光宣看向達也，咧嘴一笑。

即使露出這種表情，即使化為非人的魔物，光宣臉上也絲毫沒有邪惡的扭曲。

「第一次看見寄生物的治癒再生能力嗎？」

聽他這麼說，達也想起唯一的前例。

混在莉娜的同伴之中，以馬克西米利安研發中心職員身分潛入第一高中的寄生物。莉娜稱為「米亞」的那個寄生物，被艾莉卡的刀刺穿胸口之後，傷口一轉眼就痊癒。

仔細一看，不只是砍下的手腕，右腿、左肩與右肩開的洞也補平了。光宣明顯獲得和那個寄生物「米亞」相同的能力。

「……這樣啊。看來寄生物的能力也有個人差異。」

反觀光宣從達也表情的微妙變化得出一個事實，並非所有寄生物都具備強大的治癒能力。

「寄生物的能力，從種類到強度都各有不同。光宣，即使你化為寄生物成功克服肉體的脆弱性，水波也不一定能以相同方式治好。」

光宣驚訝地倒抽一口氣。

達也沒放過這個空檔，緊握的右手往前伸直。

接受八雲的指導，為了對付寄生物而開發的無系統魔法「穿甲想子彈」。

這個魔法被託付原本的職責，在天空飛翔。

想子彈的飛翔，原本沒有速度上的限制。

沒有質量，也沒有物理實體的想子彈，甚至不會被光速束縛。

只不過，「穿甲想子彈」不是普通的想子彈，也不是只有堅硬可取的想子彈。

「穿甲想子彈」是在情報體次元飛翔的子彈。

情報體次元本來就沒有「移動」的概念。

即使存在「進行移動」的情報，情報本身的位置變化就不連續，不需要時間。由於只需要改寫為「適用於某處的情報」，所以連一瞬間都不需要。

「穿甲想子彈」將「移動」的概念帶進情報體次元。賦予「在情報體次元進行連續又排外的移動」這個定義，本質為情報元素的想子聚合物。這就是「穿甲想子彈」。

因此，其移動速度限制在術士——也就是達也能夠認知的移動極限。而且僅止於自己「投擲」的速度極限。因為他是沿用「投擲」的感覺射出「穿甲想子彈」。

即使如此，移動速度也大幅超過時速一百公里，但遠遠比不上槍彈。也明顯不如箭的速度。

並不是無法看見與閃躲。

光宣視認「穿甲想子彈」，反射性地往上跳。

不是單純的跳躍。

光宣以飛行魔法躲開「穿甲想子彈」。「穿甲想子彈」在情報體次元所定義的「地面」，射穿光宣留下的「扮裝行列」幻影之後消失。

光宣使用的飛行魔法，不是達也研發的現代魔法術式。是神仙術系古式魔法之中「乘雲」的飛行術式。

製作「雲」的合成體，賦予踏腳用的功能、浮遊功能與水平移動功能，在天空飛翔的魔法。

達也以魔法分解光宣所乘的這朵雲。

但是光宣沒落下。這次他以加重系的現代魔法中和重力浮在空中。飛行魔法之所以稱為「加重系魔法三大難題」，是因為在空中自由移動的構想很難實現，但如果只是浮在空中就不難。

光宣手掌朝向地面，伸直雙手。手心接連射出電漿彈。

將空氣壓縮到高爾夫球大小之後電解，再朝地面發射的單純魔法。

達也妨礙電漿彈的生成，或是讓電漿在空中擴散，藉以防止這波攻擊，同時將「雲消霧散」瞄準光宣。

不過，遲遲無法成功發動魔法。

光宣不是維持在浮遊狀態，而是以連續跳躍的要領在空中移動。

不是飛行，是踩著自己在空中創造的踏腳處跳躍。

而且將「扮裝行列」的幻影當成殘影留下。

問題不只是難以捕捉到光宣本人。

達也迷惘了。

即使以部分分解讓光宣受傷，但光宣擁有那種治癒再生能力。
為了壓制光宣，非得剝奪他的意識才行吧。
然而，砍下手腕也阻止不了光宣。
使用「雲消霧散」的話，只能以殺害的形式剝奪他的行動能力……
達也猶豫是否要殺掉光宣。
光宣對他使出的攻擊雖然會致命，卻無法殺害達也。
「青天霹靂」或「人體引火」都殺不了達也。電漿彈更不用說，甚至無法阻止達也行動。
對於達也來說，真正可能成為威脅的魔法，是以他無法使用「重組」的精神為目標的攻擊魔法，但光宣目前沒有使用精神干涉魔法的意思。也可能是無法使用，總之光宣現在使用的魔法，不會對達也造成真正的威脅。
最重要的是，光宣沒對深雪出手。
光宣的動機是治療水波。
換句話說，目前彼此的敵對是暫時性的。達也如此判斷。
即使光宣變成寄生物，今後可以利用他的可能性也很高。
九島光宣這個寶貴的戰力，可以在此時此地失去嗎——
這份迷惘使得達也的矛頭變鈍。

（不過，這樣下去會沒完沒了。）

要是完全分解肉體，治癒再生能力也沒有效果吧。

即使沒將全身化為塵埃，只要消除心臟，寄生物或許就會離開。

先分解心臟，然後在來得及復活的時間內，以「術式解體」的要領成功打掉寄生物，或許能在事後「重組」心臟，讓光宣回復為人類——

（——試試看吧。）

就在達也下定決心打破僵局的這個時候，光宣停止攻擊。

「達也，不覺得這樣下去會沒完沒了嗎？」

光宣正好說出達也在想的同一件事。

「看來我不使用殺害的手段，就沒辦法突破你這面牆。」

而且和達也一樣無法下定決心給予致命傷。光宣如此告知。

「說得也是。」

達也附和之後，光宣就這麼浮在空中笑著點頭。

「達也。我認為對於水波小姐來說，成為寄生物取回『健康』的身體是最佳方法。」

「我不這麼認為。」

「說得也是。我們的意見是平行線。」

光宣看向失去玻璃的窗戶。窗戶另一側是水波的病房。

「不過，我的想法成功傳達給水波小姐了。」

光宣將視線移回達也。

「今天我就以此滿足吧。」

光宣的身體輕盈上昇。

合成體的雲在他腳邊復活。

光宣就這麼乘雲飛翔而去。

「……走了嗎？」

光宣乘的「雲」遠到看不見之後，達也像是嘆氣般呢喃。

事情沒有因此結束。

還沒有解決任何問題。

光宣應該還會來吧。

不過，今天認定就此結束肯定也無妨。

達也如此心想。

◇◇◇

達也只對病房的水波說「光宣回去了」。

領域干涉是妨礙魔法的實行，不是阻絕魔法的波動。深雪的領域干涉也不例外。達也和光宣剛才交戰，而且是激戰，水波肯定也感覺到了。

不過水波沒請達也詳細說明。

達也在醫院向真夜報告光宣來襲的事件，要求加強警備之後回到自家。

達也坐在客廳沙發，深雪端咖啡過來。

琵庫希不在這棟大樓。星期二回學校的時候，琵庫希也留在第一高中。

達也將喝過的咖啡杯放回桌上。動作看得出脫力感，大概是因為剛才雖說只是瞬間，卻被吸取精氣的關係吧。

「哥哥，您還好嗎……」

抱著空托盤站在矮桌另一側的深雪，戰戰兢兢詢問達也。

「雖然陷入苦戰，不過還好。」

達也沒隱瞞剛才陷入苦戰。

「成為寄生物的光宣，是那麼棘手的對手嗎？」

「沒錯。光宣的魔法發動速度本來就高人一等，成為寄生物之後變得更快。而且那個治癒再生能力也很麻煩。」

「治癒再生能力？」

「嗯。我們曾經在一高後門，和潛伏在莉娜身旁的寄生物戰鬥過吧？」

「莉娜稱為『米亞』的那個寄生物嗎？這麼說來，那具個體擁有強力的治癒再生能力。」

「光宣具備的治癒再生能力，不是匹敵就是凌駕於那具個體。」

「這……確實很麻煩。」

深雪美貌蒙上陰影輕聲說。

「不過真正該提防的，不是來自寄生物的能力，是光宣原本擁有的能力與另一人的能力。」

「原本的能力與……另一人？」

「嗯。」

達也眉頭深鎖。

除去刻意裝出的演技，達也難得像這樣露出嚴肅表情。

「光宣擁有『精靈之眼』。我從以前就懷疑他有，今天確定了。」

達也想以「閃憶演算」發動魔法時，光宣以事象改寫定義相反的魔法抵銷。

那不是偶然。也不是預測命中。達也知道這是光宣解讀對手——也就是解讀達也所輸出魔法

式的結果。

「這……！」

深雪發出驚愕的聲音，但她沒說「怎麼可能」，也沒問「真的嗎」。達也說「確定了」。深雪的意識與潛意識都沒冒出質疑的話語。

「……哥哥，所以，您說的『另一人』是……？」

不過在這個場合，也是因為另一個疑問奪走她的注意力。

「雖然不知道是什麼原委，但光宣吸收了周公瑾的知識與魔法技能。」

達也沒有猶豫回答。雖然照常識來說不可能，但他感受到超越常識的確切事實。

「您說的周公瑾，是那個周公瑾嗎？」

「沒錯。」

「意思是光宣他……比方說，找到周公瑾留下的魔法解說書，習得書上的內容嗎？」

深雪在常識範圍解釋達也這番話。

大概是因為這麼想不會攪亂內心吧。

不過，達也沒隱瞞。

「不是這樣。如果刻意使用淺顯的形容方式，光宣應該是吸收了周公瑾的亡靈。」

深雪單手摀嘴。之所以不是雙手，是因為另一隻手將托盤抱在胸前。

「……九島家甚至有這種魔法嗎？」

深雪目不轉睛注視達也，達也向她搖了搖頭。

不是點頭，是搖頭。

「再怎麼說，用來和亡靈合體的魔法肯定不存在。這不包括在現代魔法的目的。如果是支配精神體的魔法，我想應該有。」

達也說到這裡停頓，從記憶裡找出真雪易懂的例子。

「比方說寄生人偶。要完成那種人型兵器，需要以魔法控制寄生物主體。光宣大概是應用這種魔法，吸收周公瑾的殘留意念。那傢伙在今天的戰鬥使用了『鬼門遁甲』，那種使用方式正是周公瑾的作風。」

「這樣啊……」

老實說，深雪很難相信可以將幾個月前死亡的魔法師亡靈吸收到自己內部。

不過，既然是達也說的，深雪就可以相信。

「……非得擬定對策才行。前第九研魔法、大陸流派的古式魔法、寄生物的特異能力。兼具這一切的對手，很難以普通的戰鬥方式對抗。」

達也此時憂心忡忡地蹙眉。

「而且，光宣的事也必須告訴九島閣下。如果姨母大人不說，就得由我親口報告吧。不只如此，還需要九島家的協助。」

原本就得為了對付狄俄涅計畫分配不少資源，如今又加上這個問題。達也心情變得憂鬱也堪稱理所當然。

深雪就這麼站在一旁，擔心注視這樣的達也。

◇　◇　◇

真夜或許會壓下光宣相關的情報……達也的這份擔憂以多慮告終。

六月十七日，星期一。

達也與光宣在調布醫院發生「不幸」衝突的隔天。

達也被叫到魔法協會關東分部。

今天叫他過去的用意，不是關於狄俄涅計畫的說服。

臨時師族會議要求達也以旁聽身分出席。不，應該說是以「證人」身分比較接近實情。

只有達也與克人兩人來到魔法協會關東分部所在的橫濱灣岸高塔。克人將達也視為四葉家的相關人士，以制式態度對待。

克人沒在態度上透露出上個月最後一個星期日進行的那場決鬥。但他若無其事的舉止，或許

只不過，達也同樣一副假惺惺的態度。

關東分部的螢幕映出十人。師族會議的正規成員也是十人。

一人是這間會議室裡的克人，他沒包含在這裡顯示的影像。

達也也是。

螢幕上是九名十師族當家，加上另一人。最後的這名人物是九島烈。

會議以最低限度結束禮貌上的問候，立刻進入正題。

『——雖然不是不相信，但我想重新問一次。』

剛從病床復職的一条剛毅，以蘊含魄力，感覺不到大病初癒的聲音發言。

詢問的對象是達也。

『九島家的光宣先生成為寄生物，這是真的嗎？』

『他自己就這麼說了。在下和他對峙，也覺得他成為了寄生物。』

畫面上的十人分成三種反應。有人再度驚訝，有人沒露出任何情感，有人哀傷看向下方。

『……光宣先生的目標是四葉家旗下的魔法師櫻井水波小姐，這也是真的？』

這個問題來自驚訝組的三矢元。

『這也是清楚聽他本人親口說的。』

『那個……光宣先生和櫻井水波小姐之間，有什麼特別的關係嗎？』

七寶拓巳的這個問題，達也回答「不知道」。事實上即使可以推測，但是達也沒問過兩人的想法。就算直接詢問水波，她的回答也和達也一樣吧。自己把光宣當成什麼樣的人？現在的水波肯定處於困惑當中。

『光宣先生的動機，就暫且放在一邊吧。』

此時，七草弘一插嘴說。

『光宣先生變成寄生物，四葉家的魔法師被鎖定，這都是嚴重的問題，但我想知道附身在光宣先生的寄生物來自哪裡。』

『確實。無論是寄生物再度入侵日本，還是國內出現源頭，要是置之不理，受害程度恐怕會擴大。』

五輪勇海同意弘一這番話。

『關於這個……』

「上一次……」

九島烈以透露苦惱的聲音準備回答時，達也像是要搶答般蓋過他的話語。

「寄生物入侵的時候，在下藉著朋友的協助，封印兩具寄生物。當時是因為不知道徹底消滅寄生物的手段，不過封印的個體被某人搶走。在下認為這兩具恐怕就是源頭。」

『不知道是誰搶走的嗎？』

「不知道。」

對於弘一像是責備的詢問，達也毫不怯懦，只以一句話應戰。

『沒調查嗎？』

「東京不是四葉家的勢力範圍。」

達也睜眼說瞎話的回應，使得弘一心虛。

『當時，我和七草家的真由美小姐、十文字家、千葉家的艾莉卡小姐共同對付寄生物。關於被搶走的封印個體，情報也是共享的。』

「我確實聽過。」

克人以當事人身分作證，所以弘一放棄追究。因為既然真由美也聽過，那七草家也有責任。

『其中一具在我手上。』

此時真夜說出意外的話語。

『達也和剩下的寄生物交戰時，我派人過去回收，但是只確保一具。』

『……這件事，您沒告知達也先生嗎？』

二木舞衣以像是傻眼，又像是訓誡的語氣詢問。

『因為我希望達也專注於學業。』

真夜看起來不痛不癢，說出任何人聽到都知道是謊言的藉口。

『聽達也報告這件事之後，我以防萬一確認過，我們家保管的寄生物沒有異狀。』

然後她主張自己的清白。

『那麼，另外一具是感染源的可能性很高？』

『急著下結論很危險吧。關於感染源的情報太少了。』

六塚溫子過於心急，八代雷藏幫忙踩煞車。

『我認為七草閣下與五輪閣下的擔心是對的，不過現在應該優先處理已知問題吧？』

『說得也是。我認為一點都沒錯。』

溫子同意雷藏的指摘。

已知問題。也就是光宣的處置。

『……雖然對宗師感到不好意思，不過既然確定是寄生物，我們就不能放任不管。』

『也對。』

九島烈以明顯壓抑情感的表情點頭。如果是兒子九島真言，態度或許無法這麼堅定。不是由光宣的父親暨九島家的當家真言，而是由烈參加這場會議，表面上的原因是真言忙於處理九島家內部的狀況。不過實際上，應該是判斷真言很難好好討論吧。

「失去宿主的寄生物，會飛走尋求新宿主。這是已經確認的事。」

此時達也提醒眾人注意。

與會者肯定都知道這件事，不過多數人露出重新想起來的表情。

『那麼，必須動員能夠攻擊精神體的魔法師嗎？』

剛毅問。

『不殺光宣先生，只剝奪行動能力比較安全吧？』

拓巳委婉提出異議。

『我也贊成這個意見。』

元支持拓巳的意見。

『達也先生知道封印方法對吧？』

勇海從畫面中詢問。

『這方面的訣竅，由我來提供吧。』

達也還沒回答，烈就這麼說。

『宗師您來提供？』

『冒昧請教一下，宗師是從哪裡得知封印寄生物的方法？』

勇海反射性地發問，一旁的剛毅質疑烈。剛毅的眼神隱藏疑惑。隔著螢幕也看得出來。

『既然是宗師，當然會知道吧。敝家用來封印寄生物的術式，原本就是宗師傳授的。』

真夜像是潑冷水般插嘴。

剛毅的眼神明顯不再那麼銳利。

『抓住光宣先生時的應對方式由宗師傳授，那麼關於如何逮捕……』

舞衣試著修正逐漸絮叨的氣氛。

『光宣先生的目標是櫻井水波小姐。這麼認定沒問題吧？』

「他心目中的終點應該是嫩家的水波。」

舞衣偏向於確認的這個問題，達也回以肯定之意。

『那麼，在東京醫院的水波小姐身邊撒網應該有效吧。』

弘一毫不畏縮提議拿水波當誘餌。

『嗯，就這麼辦吧。水波的護衛由我這邊安排。』

真夜沒抗議，相對的，她以正經笑容冷漠回應。這句話就某方面聽起來是「護衛水波不需要七草家的助力」的尖酸話語。

這反而令弘一板起臉。

「四葉閣下。嫩家也想出力協助警備。」

克人不知道是否察言觀色，說出這個難懂的要求。

『只在醫院外面可以嗎？』

「這樣就夠了。」

『那麼請務必幫忙。』

真夜無視於弘一，和克人達成協議。

『我們該怎麼做？』

『光宣先生最終的目標應該是櫻井水波小姐，但也很可能回到九島家。』

拓巳回應溫子提出的問題。

光宣從昨天就銷聲匿跡。雖然沒回九島家，卻也無法斷言一直不會回去。拓巳提醒這一點。

『只要他出現，我當然會抓住他。不會藏匿。』

『我們沒擔心這種事。』

烈說完，舞衣以安撫般的語氣回應。

『原本光宣先生雖然健康方面令人不安，卻是非常優秀的魔法師。化為寄生物的光宣先生擁有何種實力，我們無從預測。可以的話，我也希望派人協助。』

然後舞衣向烈申請派遣援軍。

『需要的話，我也來吧。』

剛毅也跟進。

『感激不盡。那麼二木閣下，可以請您協助嗎？需要援軍的時候，如果一条閣下願意助陣，

我會很感謝的。』

『好的。』

『知道了。』

烈在畫面中低頭，舞衣與剛毅點頭回應。

「那麼，四葉家負責護衛櫻井水波小姐。七草家迎擊並逮捕光宣先生。我們十文字家在櫻井水波小姐的醫院外面戒備。九島家的援軍是二木家，第二波援軍是一条家，其他家就各自負責警戒，這樣可以嗎？」

克人說完，眾人接連出聲贊同。

十師族的方針就這麼決定了。

◇　◇　◇

會議室由魔法協會職員負責收拾。

達也和克人一起走出房間，前往梯廳。

兩人不是並肩前進，達也走在克人斜後方一步的位置。

之所以不在正後方，是為了避免進入死角。不是克人抗拒，是達也貼心的結果。

兩人之間沒有對話。都是默默行走。

這也應該說理所當然吧。兩人之間上演過的那場戰鬥，如果主角不是他們兩人，即使打到你死我活也不奇怪。那場戰鬥至今還不到一個月。光是沒相互展現敵意，就可以說兩人都很有「教養」了。也可能是置身戰場的心得。

不過，兩人的沉默被躲在梯廳死角的某人聲音打破。

「十文字，達也學弟，開完會了嗎？」

「七草……妳怎麼在這裡？」

即使是上個月那場衝突的當事人之一，真由美依然悠哉搭話。

「因為我好奇。」

真由美滿不在乎的回答，使得克人按住太陽穴。

達也覺得自己很能體會克人的心情。

「開完會了。」

「意外地快耶。所以，做出什麼結論？」

克人本來想叫真由美去問父親，但真由美不是會因而打退堂鼓的女性。他經由長年的交情明白這一點。

「……不能在這裡說。」

「那麼，去談話室吧。」

在魔法協會關東分部（不過京都總部也一樣），設置幾間避免隔牆有耳的討論用房間。真由美即使不到常客的程度，也經常利用這種房間。

「達也學弟也來吧。」

真由美話說出口就不聽勸，達也也明白這一點。今天接下來沒什麼特別的事情。距離深雪放學也還有一段時間。

「……好的。」

達也雖然不是「樂意之至」，卻還是接受真由美的邀請。

「達也學弟也喝紅茶可以嗎？」

「交給學姊決定。」

借用談話室之後，真由美首先做的事情是泡茶。

她只問達也愛喝什麼，沒問克人。

這樣的誘惑令達也胡思亂想，不過明顯會變成麻煩事，所以他自重了。

真由美將三人分的紅茶擺在桌上之後坐下。位置是克人的正對面，達也的旁邊。

「趁熱喝吧？」

受到假勸誘之名的強迫，達也與克人拿起茶杯喝茶。

真由美泡的紅茶，比高中時代更好喝。

當事人也覺得泡得很好吧。真由美愉快地放下茶杯。

所有人將杯子放回茶碟之後，克人看向真由美。

「所以，想問什麼？」

對於克人的詢問，真由美回答「全部」。

「七草，妳知道會議的主題嗎？」

「光宣變成寄生物了。」

即使克人進一步詢問，真由美也立刻回答。

「是討論這件事的對策吧？」

不過雖說理解事態，真由美的語氣卻很隨便。達也在意這一點。

「妳真的明白意思嗎？妳和光宣先生的交情肯定不錯。」

看來克人也在意這一點。

「我當然明白。」

對於這個問題，真由美沒有賭氣表示無奈，而是鎮靜回答。

「我也有參與上次的寄生物騷動喔。沒幫上什麼忙就是了。」

最後補充的那句話透露些許不滿的色彩。除此之外，真由美只有冷靜可言。

「……既然知道光宣成為寄生物，學姊應該也想像得到結論吧？」

克人的為難神色沒消失，達也代為插嘴詢問。

「逮捕光宣，將他封印或是將寄生物撕離，是這樣處置對吧。不過具體來說要怎麼逮捕？」

達也與克人相互使眼神。這是在確認是否可以對真由美說，並且討論由誰說。

開口的是克人。

「……埋伏等待光宣先生來抓櫻井水波小姐的時候逮捕他。」

「由你逮捕？」

「不，七草閣下接下這個職責。」

「咦，我家……？」

真由美的冷靜表情出現瑕疵。但是不悅扭曲的嘴唇，她立刻以客套笑容塗抹蓋過。

「這裡說的櫻井水波小姐，是和小澄同年級的那位『櫻井學妹』吧？」

「對。水波和令妹是同學。」

達也不像以往直接叫「香澄」，而是以「令妹」這個稱呼回答。

「拿高二女生當誘餌？達也學弟，你願意這樣？」

真由美朝達也投以責難的眼神。

「光宣還會來水波這裡。這和我們的想法無關。」

「櫻井小姐入住的醫院由四葉家，醫院外圍由我們十文字家負責戒備。我們絕對沒有輕視櫻井小姐的安全。」

克人補充說明達也的話語。

「要是警備固若金湯，光宣終究也不會大搖大擺前來吧？」

「到時候思考其他方法就好。」

真由美提出的擔憂，克人斷然回答。

「這樣啊……」

「所以，你們兩人會聯手解決這個事件對吧？」

真由美的聲音冷淡，卻隱約有種滿意的感覺。

克人沒能理解真由美的意圖而蹙眉。

不過達也心想「這個人真是愛管閒事」，暗自為她的善良綻放笑容。

「不只這個事件，十文字家和四葉家身為十師族的一員而具備合作關係。不會因為『一時』的對立就一直結下梁子。」

「這樣啊……」

和剛才相同的回應。但是真由美和剛才不同，臉上露出笑容。

【7】

北美利堅大陸合眾國新墨西哥州羅斯維爾郊外。

STARS的總部基地設在這裡。

STARS分成十二個部隊，各部隊也經常獨自受命出動。總隊長莉娜本來應該掌握各部隊負責的所有任務，不過實際上，沒告知內容給莉娜的任務也很多。

前任天狼星完全掌握STARS，但莉娜沒達到那個等級。應該說還差得遠。她也經常在背地裡被嘲諷是掛名的總隊長，這並非毫無根據。

「雖然今天各隊都到齊了……」

在自己房間重新淋浴換上睡衣的莉娜，在床上自言自語。

「不過上週末，第三隊與第六隊突然不知道跑去哪裡。幸好不只是我不知道這件事。」

星期六早晨，第三隊的雷谷魯斯與第六隊的艾克圖魯斯不見蹤影，莉娜連忙向卡諾普斯詢問兩人去向。卡諾普斯比莉娜更清楚掌握各隊動向，甚至讓人覺得他才是總隊長，不過連卡諾普斯也不知道雷谷魯斯與艾克圖魯斯去哪裡出任務。

這件事不是只有自己被蒙在鼓裡，這一點帶給莉娜一些慰藉，不過總隊長地位被瞧不起的事實沒變，所以她再度消沉。

平常塞入內心一角的壓力來源，今晚不知為何貼在頭蓋骨的內側。

愈是不去想，愈是在腦中自動播放。

──第三隊與第六隊究竟去哪裡？去做什麼？

──為什麼甚至連出動理由都不告訴我？

愈是吩咐自己不能在意，心情愈是煩悶。

──自己終究只是能夠使用戰略級魔法，只有實力可取的掛名總隊長嗎？

力量，達成目的的力量。不是Ｐｏｗｅｒ，是只用來清除障礙物的Ｆｏｒｃｅ。自己受到認同的終究只有Ｆｏｒｃｅ……莉娜自虐地揚起嘴角。

「……是沒錯啦，我還是十七歲的丫頭，又沒有跳級的頭腦。說起來，我成績不是很好，也沒好好接受部隊指揮的教育，個子也不高，又是娃娃臉……」

不知何時，莉娜被自己的牢騷引得愈來愈消沉，陷入負面螺旋。雖然理性警告這種自我憐憫很不健康，卻阻止不了自己。

「可是，說明一下出動理由又不會怎樣。既然不在就要預先報告啊。因為改變預定計畫的影響會集中在『總隊長』身上。」

自言自語說個不停。

「如果不滿意我當總隊長，我隨時都可以辭職。我這個總隊長不可靠真是抱歉啊。可是，我又不是自願要當的！」

莉娜捲起被子鑽進去，以語音指令關掉房間照明。即使沒人聆聽，盡情發完牢騷就會舒坦。

而且，在自虐的沼澤掙扎也很累。

當晚，莉娜做了懷念的夢。

如果只看事實表面，不是什麼美好的回憶。

潛入第一高中，在學校後山接連殺掉寄生物的記憶。

找到寄生物。

以施加移動魔法的刀子刺向對方喉頭，貫穿到脖子後方。

寄生物來襲。

以電漿化的空氣砲彈射穿。

找到寄生物。

以魔法打倒。

寄生物來襲。

以魔法打倒。

不知何時，夢不斷重複。

打倒來襲的寄生物。就像是喪屍射擊遊戲。

莉娜一邊屠殺寄生物，一邊感到納悶。

——達也與深雪什麼時候登場？

是登場人物也是觀眾，在夢裡獨特的多重視角中，身為觀眾的意識感到疑惑。

那時候，自己和達也他們並肩和寄生物戰鬥。莉娜沒忘記這一點。

忘不了這一點。

最後受到搭救是情非得已，不過有同伴以對等立場一同戰鬥的感覺不差。

而且感覺達也不是對等看待，是高姿態俯視。

但其實不是「同伴」，是「敵人」才對。

只不過，達也與深雪，都沒將莉娜當成「丫頭」瞧不起。

達也與深雪，都沒因為莉娜是「十三使徒」就另眼相看。

因為是同年齡，所以當然沒被當成「丫頭」，但莉娜還是好高興。

達也能使用超越「重金屬爆散」的戰略級魔法，所以應該沒理由另眼相看，但即使是知道這個真相的現在，受到對等待遇而高興的心情也沒有減少。

滯留在日本時，即使是對自己，也無法承認自己抱持這種情感。

不過，回到周圍只有「年長部下」的環境，隨著時間經過，她變得能夠率直承認了。不過要是達也真的在面前，她或許還會賭氣吧。

深雪不在身旁。

達也不在身旁。

莉娜對此感到一抹寂寞，同時為了掩飾這份寂寞，她專心不斷擊退寄生物。

（──無法入侵總隊長的精神。）

（──總隊長不是沒有精神系的天分嗎？）

（──總隊長肯定沒有「月之魔法」的天分。）

（──那麼，為什麼無法入侵？）

（──為什麼無法入侵？）

（──被推出來了。）

（──被逼退了。）

（——被擊退了。）

夜晚的黑暗充滿嘈雜聲，聽起來像是來自蜂窩的振翅聲。

這是肉體的耳朵聽不見的聲音。

在精神體之間交換、共享的聲音——是對話。

寄生物的討論聲。自問自答的聲音。

（——很難和總隊長同化。）

（——不可能和總隊長同化。）

（——總隊長很危險。）

（——她很危險。）

（——她應該會成為我們的敵人。）

（——應該排除她。）

（——排除她吧。）

最後，嘈雜聲成為單一的聲音。

六月十八日，星期二。時間還不到凌晨五點。

即使是軍人，如果不是在出任務，那麼這時間也還在熟睡。

「是因為做夢嗎……」

還沒天亮就醒來的莉娜，在床上坐起上半身，忍不住自言自語。

她隱約記得做了什麼夢。雖然不能斷言是美夢，卻好像宣洩壓力了。至少心情比睡前舒坦。

莉娜原本就不算是起床就立刻清醒的類型。最近的習慣是灌一杯家庭自動化系統泡的苦澀咖啡，強制讓意識清醒。

不過今天也覺得沒這個必要。現在是六月。在這個季節，白天超過八十度（攝氏二十七度）是天經地義，日出前的這個時段頂多六十度（攝氏十六度）。剛好適合散步。

莉娜立刻將這個想法付諸實行。

雖然這麼說，但莉娜是年輕女生。走出自己房間之前要做的事多到不行。也不能辯解因為現在沒出任務所以能偷懶。

整理好服裝儀容外出時，天空已經開始泛出魚肚白。

即使如此，基地也幾乎還沒有行動的人影。之所以不是「完全沒有」，是因為值勤的士兵與保修員醒著。不時看見正在工作的他們，莉娜在心中說聲「辛苦了」，繞過訓練用的操場，走到區隔基地內外的圍欄。

這裡曾經是ＵＳＮＡ的國土。主張分離獨立的武裝勢力也沒深及這裡。不必像是戰亂地區那樣，連站在圍欄旁邊都要擔心受到狙擊——本應如此。

殺意無聲無息接近。莉娜躲開這記無形的狙擊完全是偶然。

不，甚至稱不上是「躲開」吧。

高能量雷射貫穿莉娜的幻影，從基地內側燒灼圍欄。

幸好莉娜湊巧在散步時進行自主訓練，在距離自己一碼（零點九公尺）的位置使用「扮裝行列」，否則這記狙擊應該會以莉娜當場死亡的形式成功。

不過，莉娜受到打擊的原因，並不是驚險免於一死。她發現狙擊時當然捏了一把冷汗，關於成功撿回一條命也由衷鬆了口氣。不過震撼她內心的是這記攻擊來自基地內部。

「叛亂？」

緊接而來的微型飛彈，莉娜使用移動魔法彈開，一邊以魔法護壁阻擋熱能與碎片，一邊沿著狙擊射線看向倉庫屋頂。

「傑克？果然！」

那裡有一名男性，以臥射姿勢架著像是步槍的物體。

這裡距離倉庫一百公尺以上。加上天色昏暗，以肉眼看不清楚對方。

不過這名男性釋放的想子波動，確實是莉娜認識的STARS隊員。

STARS第三隊一等星級隊員——雅各·雷谷魯斯。綽號是「傑克」。

擅長的魔法是「雷射狙擊」，以形似步槍的武裝演算裝置發射高能量紅外線雷射彈。

剛才對莉娜使用的攻擊正是「雷射狙擊」。

「傑克！為什麼狙擊我？」

沒有回應。

魔法氣息增強，莉娜架設電磁波反射魔法「鏡面護盾」因應。

「鏡面護盾」反射「雷射狙擊」的光彈。「雷射狙擊」無聲無息，使用的子彈也不會殘留，是適合狙擊的魔法，不過缺點在於發射前必須「集氣」一秒左右。不是發動魔法所需的時間，是增幅光度所需的時間。莉娜能在感應到魔法發動的徵兆之後架設護盾反射，就是因為這個性質。

「鏡面護盾」可以反射所有射向鏡面的電磁波。可視光線當然也不例外。架設護盾時，敵方的身影會被護盾擋住看不見。

解除「鏡面護盾」的時候，雷谷魯斯已經不在倉庫屋頂。莉娜將魔法偵測提升到最高等級，跑向倉庫。

她感應到帶著魔法的物體射來。是在STARS戰鬥魔法師之間共享的魔法「舞刃陣」。

「亞歷克？」

這招「舞刃陣」內含的想子波動，是亞歷克——亞歷山大・艾克圖魯斯上尉。莉娜的魔法知覺對她這麼說。

莉娜使出「領域干涉」。不是以自己為中心展開，是以自己的事象干涉力射向四把飛來的刀子重疊。

以漩渦般曲線軌道接近莉娜的刀子失去控制，像是被扔掉般落地。

「連第三隊隊長亞歷克都加入叛亂？還是說……」

還是說，是對我的私怨？

莉娜說不出這句話。雖然是自言自語，但是要將這份疑惑清楚說出口，對還是十七歲的她來說太難受了。

莉娜知道自己處於受到嫉妒的立場。但她自認和STARS的同伴相處融洽。第四隊的貝格與迪尼布經常挖苦，但她認定兩人並不是真的要挖苦她。

不過，現在的她無暇煩惱這種事。

追擊的「舞刃陣」逼近。

這次不是四把，是一把。但是質量大得多。

（戰斧？）

這記攻擊無法以「領域干涉」癱瘓。

艾克圖魯斯是白人、黑人與原住民混血，雖然只有四分之一的血統是原住民，不過魔法層面繼承相當純正的原住民血統。

古式魔法可以將「念」注入武器進行魔法層面的強化，同時排斥他人的魔法，這種技術在世界各地都看得到。美利堅原住民的魔法也有這種技術。

而且艾克圖魯斯使用這種技術強化單手斧，當成和魔法師戰鬥時的王牌。雖然也當成近戰武器，不過使用移動系魔法當成投擲武器使用，是艾克圖魯斯的拿手戰法。他的戰斧攻擊，即使以莉娜的領域干涉也無法擊落。

知道這一點的莉娜，是以水平方向「飛翔」躲開。在貼近地面的空中一口氣像是滑行般移動二十公尺左右，一著地就再度架設「鏡面護盾」傳來中彈手感的同時，莉娜奔跑尋找掩蔽物。

障礙物或射擊用的靶子散布各處，但操場基本上視野開闊。在這裡她比對方更適合當靶子。

莉娜衝進特殊車輛的車庫。

雖說是特殊車輛，卻不是重工機械或戰車。是利用魔法能短程飛行的汽車、能行駛在海底的廂型車、能變形為強化外骨骼和騎士服合體的機車等等，部分無視於實用性的實驗兵器都儲存在這個倉庫。

莉娜聽說今天要進行飛行汽車的長距離行駛測試。車庫門開著應該是因為保修員進出吧。

「我是希利鄔斯上校！裡面的人全部離開這裡！」

衝進車庫的時候，莉娜已經身披「安吉・希利鄔斯」的幻影。她在心裡呢喃「早知道穿訓練用的野戰服」，沒確認車庫內部就大喊。身穿希兒薇雅指導購買的「女人味服飾」下令的話肯定很不像樣。

莉娜精神上沒有餘力確認保修員是否逃走，到頭來也沒能確定車庫裡是否有人。她單腳跪在車庫入口旁邊，戰戰兢兢觀察戶外。

全神貫注以免看漏任何動靜，以不遭受外部狙擊為前提慎重尋找敵人。

莉娜看起來沉著應付這個突發事件。但她的精神狀態其實和冷靜差得遠。

離開房間的時候，她把私人用的情報終端裝置誤認為軍官用的情報終端裝置帶出來，雖然粗心大意也要有個限度，但是既然做了也沒辦法。現在還不是勤務時間，如果沒演變成這種事態就不會造成問題。莉娜因此無法和基地司令部連絡，雖說不能以自作自受做結，卻也是不得已的。

但是，她沒察覺頭部上方的牆壁掛著電話機，這就令人不太能接受。光是可以向基地司令部求助，或許就能讓今後的演變截然不同。

莉娜的注意力朝向車庫外面。不過到頭來，她從來沒掌握艾克圖魯斯的位置。

而且，敵方不一定只有雷谷魯斯與艾克圖魯斯兩人。

莉娜能夠應對從背後滾到腳邊的手榴彈，幾乎是偶然。

車庫牆壁成功承受爆炸的威力。因此反倒是各種碎片落向莉娜。

在魔法護盾裡撐過爆炸與餘波的莉娜轉身，在逐漸恢復清晰的視野認出行凶者。

「蕾拉，妳也是嗎？」

STARS第四隊一等星級，蕾拉．迪尼布少尉。北歐血統的高 窈窕女性，憎恨地瞪著莉娜。

「可以不要裝熟叫我蕾拉嗎？這個叛徒！」

「叛徒？妳在說什麼？」

「居然裝傻，死鴨子嘴硬！」

迪尼布高舉右手的刀。下一秒，比變身前的莉娜高十幾公分（胸圍與臀圍同樣多十幾公分）的女性站在她面前。

戰鬥刀往下揮。

莉娜反射性地發動移動魔法，出現在車庫入口的另一側。

響起以消音器壓低的槍聲，子彈命中莉娜的護盾落地。

迪尼布不禁咂嘴。並用刀與手槍是她的拿手戰法。

莉娜在使用移動魔法的同時架設魔法護盾，就是因為記得她的戰法。

「我沒裝傻！我什麼時候背叛了？」

莉娜就這麼繼續架設護盾大喊。

「睜眼說瞎話。那我就講清楚吧。妳貴為總隊長卻迷戀男人，將第六隊出賣給日本！」

「第六隊？妳說蘭迪他們怎麼了？」

「毫無反省之意是吧。」

這個聲音來自莉娜背後。

莉娜連忙轉身。

迪尼布立刻從後方開槍，子彈再度被反物資護盾彈開。莉娜護盾魔法的事象干涉力，勝過迪尼布對子彈賦予的貫穿魔法（穿透障礙物前進的移動魔法），造成這個結果。

不過，新登場角色的攻擊來自意外的方向。

莉娜的身體連同護盾被往上打。

不是對莉娜使用移動魔法或加速魔法。是局部的重力反轉魔法。以莉娜為中心，半徑一公尺圓形區域內的重力被逆轉增幅。

莉娜以自由落體十倍的加速度撞向車庫天花板。

天花板沒破。只發出相較於力道小過頭的聲音搖晃。莉娜緊急中和自己的慣性奏效。

但是並不完全。莉娜受到不小的衝擊改為落下。這次是反方向的十倍加速度發威。

不過莉娜忍痛對自己使用減速魔法。她沒有受到更重的打擊就回到地面。

不只如此。她在落下時的半空中灑出空氣彈。雖然缺乏殺傷力，卻足以牽制敵人。

「夏兒……」

著地的莉娜踩穩差點跪地的雙腿，瞪向剛才將她甩向天花板的夏兒——夏綠蒂·貝格上尉。

「喔……還以為確實收拾了，不愧是天狼星。我承認妳『只有』魔法力匹配這個名號。」

莉娜的「扮裝行列」在剛才的攻防解除。擁有亮麗的金髮碧眼，可愛更勝英挺的美少女正在痛苦喘氣。見狀的貝格嘴唇露出誇耀勝利的笑。

「不過，看起來很難受。迷戀男人出賣部下的叛徒就適合這副模樣。」

「就說了！我不知道什麼背叛！第六隊發生什麼事？妳說的男人是誰？」

「妳……還在……！」

主張清白的莉娜差點令迪尼布暴怒。

「沒關係，就告訴她吧。」

不過，貝格制止迪尼布。

然後朝莉娜投以嘲笑的眼神。

「妳的嫌疑是串通日本特務，促使微型黑洞實驗再度進行，派去警備的第六隊三人，在日本企劃的人體實驗犧牲。妳被日本戰略級魔法師司波達也籠絡了！」

「達也？」

莉娜對這兩個字起反應，是因為無法壓抑內心的意外感。

不過對於貝格與迪尼布來說，這無疑是莉娜陷入甜蜜陷阱而背叛的證據。

「沒錯。蘭迪、伊安跟山姆三人，在深夜失去理智暴動的時候被拘禁。妳害得他們被寄生物附身！」

蘭迪——奧蘭多・瑞傑爾上尉。

伊安——伊安・貝勒托立克斯少尉。

山姆——山穆爾・厄尼拉姆少尉。

貝格心痛說出STARS第六隊通稱「獵戶組」的成員名字，犀利瞪向莉娜。

「妳說『寄生物』……？」

受到打擊佇立不動的莉娜，看在貝格眼中只是假惺惺的演技。

「叛徒必須死！妳曾經以天狼星身分處決隊員，我要讓妳和他們遭遇相同的下場！」

莉娜連忙重整態勢。不過，聽到第六隊被寄生物附身，使她過於輕忽大意。

莉娜面向從車庫深處出現的貝格。

也就是背對入口。

而且，旋轉的戰斧正從車庫外面逼近莉娜背後。

艾克圖魯斯的攻擊即將進入車庫。

就在這個時候，伸長到五公尺以上的「分子切割」利刃，斬下以魔法強化的戰斧！

「總隊長！您沒事嗎？」

延遲不到一秒的時間，車庫入口出現高大的人影。

「班！」

「卡諾普斯少校……」

莉娜與貝格分別以自己的方式稱呼這個人。

「少校，您要站在那個叛徒那邊嗎？」

「總隊長閣下沒背叛。貝格上尉，妳被寄生物騙了！」

對於貝格的批判，卡諾普斯絲毫不為所動地回嘴。

「啊？沒什麼被騙不被騙，我沒和拘留的蘭迪他們說過話。」

「我不是這個意思！寄生物是……唔！」

卡諾普斯不得不中斷這段話。因為他要架開襲擊他的高能量雷射狙擊，以及描繪拋物線射來的另一把戰斧。

車庫裡突然響起尖銳的摩擦聲。預定今天使用的實驗車突然起步，衝向莉娜與貝格。

莉娜與貝格各自往兩側跳開。

車子在莉娜身旁緊急煞車，右前門猛然開啟。

「總隊長閣下，請上車！」

「哈迪？」

在副駕駛座叫莉娜的，是STARS第一隊二等星級的拉爾夫．哈迪．瑪法克少尉。

莉娜反射性地撲向這扇門。

瑪法克整個人連同駕駛控制台往左側移動。這輛實驗車的駕駛控制台可以左右移動，所以不只在ＵＳＮＡ這樣的左駕國家，在英國這樣的右駕國家也不會受限，前座也連在一起沒有間隔。此外，沒有踏板。

莉娜關上車門的同時，雷谷魯斯開車起步。

「總隊長閣下，先暫時逃出基地！」

「咦？」

莉娜當然覺得過於突然。

「這是卡諾普斯隊長的指示！」

不過，得知這是她最信賴的卡諾普斯意見，莉娜的反駁被封鎖。

此外，她也沒餘力反駁。

這輛車是敞篷貨車的外型。

車斗發出「鏗！」的沉重聲響。

「等等！」

擅長對自己使用魔法高速移動的迪尼布，以疑似瞬間移動跳上車斗。

「哪可能等！」

不過，迪尼布落得立刻下車的下場。

躲在車斗的年輕男性撲向她，和她一起滾下車。

「拉爾夫？」

帶著迪尼布翻落車外的，是和瑪法克同屬STARS第一隊二等星級的拉爾夫・厄格魯少尉。

「這裡交給厄格魯少尉吧！車子會晃，請小心！」

瑪法克說完，莉娜連忙繫緊安全帶。

敞篷貨車起跳了。

越過基地圍欄著地，就這麼朝著阿爾伯克基飛奔而去。

「哈迪，究竟發生什麼事？」

大概是看不見基地之後喘口氣吧。莉娜要求開車的瑪法克說明。

「雖然不知道正確時間，不過在五點前後發生叛亂，主謀是第三隊的艾克圖魯斯上尉與雷谷魯斯中尉。除了這兩人，現階段確定加入叛亂的隊員是第四隊的貝格上尉、斯琵卡中尉、迪尼布少尉、第六隊的瑞傑爾上尉、貝勒托立克斯少尉、厄尼拉姆少尉、第十一隊的安塔雷斯少校、薩爾格斯中尉。」

「請等一下！夏兒說第六隊的蘭迪他們被寄生物附身，這是假的吧？」

「……說來遺憾，推測這是事實。不只是第六隊的三人，推測第三隊的兩人與第十一隊的兩人也已經化為寄生物。」

「怎麼這樣！」

「提供這個情報給我們的，是第十一隊的肖拉少尉。她察覺安塔雷斯少校與薩爾格斯中尉怪怪的，請求卡諾普斯隊長指示。」

第十一隊所有人都擅長精神干涉系魔法，不過肖拉少尉對於靈子波動的感受性以及精神干涉系魔法的防禦特別優秀。她沒被寄生物入侵，率先察覺寄生物在搞鬼，這個說法具備說服力。

「那個……因為總隊長閣下當時好像不在房間。」

瑪法克像是辯解般補充說。莉娜不在意，應該說她根本沒察覺，但肖拉不是找總隊長莉娜，而是找第一隊隊長卡諾普斯討論，瑪法克誤以為莉娜可能不高興。

「我和厄格魯少尉接到緊急召集，在隊長房間集合沒多久，安塔雷斯少校的『沉睡簾幕』就發動了。我們因為肖拉少尉的『月蝕』倖免於難，但是除了我們，宿舍區域的人全部失去行動能力。」

安塔雷斯使用的「沉睡簾幕」，是讓領域內人們入睡的系統外魔法。由於對象是分散在廣範圍的不特定多數人，所以強制力不算強。例如無法讓身處戰鬥而處於亢奮狀態的士兵入睡。相對的，若要避免正在睡眠的人清醒，或是讓剛清醒的人、累積疲勞的人拖進夢鄉，就能發揮強大的效果。

另一方面，肖拉少尉的「月蝕」是一種防護魔法，在美國稱為「月之魔法」的戰鬥用精神干涉系魔法攻擊，會在精神層面找不到目標而失去效果。她能夠免於被寄生物同化，也是多虧自己反射性地架設「月蝕」。

「……接下來怎麼辦？」

莉娜的聲音因為不安而慌張也是在所難免。她至今的行動總是接受STARS的支援。現狀無望獲得支援。反倒可能以毫無裝備與資金的狀態，對付數名恆星級魔法師。

雖然不是聽到莉娜說話，不過就像是回答她這個問題，瑪法克胸前口袋響起收到電子郵件的音效。瑪法克將車輛切換為自動駕駛，從胸前口袋取出終端裝置。

他的手指忙碌移動，大概是在解碼。看來加密相當複雜。

終於解碼完畢之後，瑪法克以嚴肅表情閱讀訊息。

他將看完內文的終端裝置遞給莉娜。

「總隊長閣下，這是巴藍斯上校閣下的指示。」

莉娜接過終端裝置，瑪法克再度握住駕駛桿。

「隊長知道第三隊襲擊總隊長閣下之後，向巴藍斯上校閣下請示今後的方針。」

莉娜倒抽一口氣，看向瑪法克的終端裝置。

一邊閱讀巴藍斯的信，一邊驚愕瞪大雙眼。

「——去日本？」

巴藍斯指示莉娜逃到日本，接受四葉家保護。

「……為什麼非得刻意……」

為什麼非得刻意離開美國逃到日本？瑪法克正確理解莉娜的這個疑問。

「巴藍斯上校閣下，恐怕是擔心有陰謀衝著總隊長閣下而來吧。雖然難以想像有人會愚蠢到暗殺身為戰略級魔法師的總隊長閣下，但或許有某個勢力暗自在軍方內部活躍，企圖洗腦總隊長閣下恣意利用。」

瑪法克的推測，使得莉娜想起在大型航空母艦「企業號」艦內「目擊」的軍事機密。

——被強迫使用魔法，代替發電機燃料的魔法師們。

——有人想把我和他們一樣，利用為軍事系統的元件……？

確實，依照現在的世界情勢，失去「重金屬爆散」，對於這個國家來說即使不算自殺，也是

近乎自殺的愚蠢行徑。但是如果只從戰力層面考慮，將莉娜洗腦化為好用的棋子，並不是不可能的構想……

「可是這麼一來，我不就變成逃兵了……」

「這一點應該沒問題。總隊長閣下，請看附件檔案。」

聽瑪法克這麼說，莉娜有點匆忙地操作終端裝置。附件檔案也和內文一起編碼。

「命令書？」

莉娜開啟的檔案，是要她潛入日本，祕密監察駐日武官的命令書。

「上校閣下應該是在自己權限範圍給您最大的方便。」

巴藍斯上校是取締軍人違法行為的監察部門龍頭。派遣莉娜到日本監察日本大使館與領事館執行勤務的武官，即使在指揮系統層面有許多問題，也勉強算是巴藍斯的權限範圍吧。

「那支終端裝置請直接帶走。裡面沒有屬下的個人情報，所以請不用擔心。密碼使用第一隊的密碼。」

莉娜身為總隊長，擁有檢閱各隊情報文件的權限。不過STARS內部幾乎無視於這項權限。莉娜也沒將此視為問題。不過只有卡諾普斯與第五隊的卡佩拉少校，每次變更密碼都會規矩向莉娜報告。

「然後潛入任務用的護照、信用卡、現金卡與各種裝備，都整理在後座的行李箱。考慮到這

次要出國，裡面沒放武裝演算裝置。此外，因為沒時間去拿總隊長閣下的換洗衣物，所以請到機場找吧。機票已經由巴藍斯上校閣下辦妥。」

瑪法克說完，莉娜再度看向終端裝置。電子機票確實已經傳送過來。

「車子就這麼直接前往阿爾伯克基機場。隊長幫忙阻止，所以應該沒人追蹤，但屬下使用了反偵測護盾以防萬一，請總隊長閣下避免使用魔法。」

「……知道了。」

瑪法克的反偵測護盾魔法，在STARS首屈一指。即使是擅長追蹤任務的第六隊「獵戶組」也很難找到吧。莉娜乖乖聽從瑪法克的要求。

◇　◇　◇

莉娜在日本時間六月十九日下午平安抵達日本。她立刻撥打巴藍斯告知的電話號碼，由接到真夜命令的黑羽家收容。

在這時候的STARS總部基地，卡諾普斯、厄格魯與肖拉接受簡式審判，結果決定移送到中途島的魔法師軍事監獄。

此外，瑪法克沒返回基地，就這麼逃往西海岸地區。

[8]

USNA發生STARS叛亂騷動的這時候，新蘇聯正在快馬加鞭修理貝佐布拉佐夫專用的大型CAD「亞瓦」。

「進度怎麼樣？」

「博士！」

聽到貝佐布拉佐夫搭話，工程負責人一臉驚嚇地轉身。這名男性之所以嚇到，是因為貝佐布拉佐夫具備學士貴族的一面，鮮少到充滿機油味的修理現場露面。

「會在今天修理完畢。至於博士這邊，希望您明天能進行測試。」

工程負責人緊張到不必要的程度，講話也很拘謹，因為貝佐布拉佐夫是相當於政府高官或軍隊將官的重要人物，擁有相應的權力。

「沒問題。要在幾點左右過來？」

貝佐布拉佐夫不會對「一般人」動用這份權力。即使是面對沒什麼特別職稱的技術人員，也不曾採取傲慢的態度。但這不是因為他人品好，是因為他對「下層」漠不關心。

「早上就可以！」

「這樣啊。那麼……九點半吧。」

「遵命！」

不只是負責人，在參與修理的所有技術人員目送之下，貝佐布拉佐夫離開保修工廠。

他難得跑一趟工廠，首先是因為急著使用「亞瓦」進行作戰，另一方面也是因為他對達也感到強烈的屈辱。

他原本抱持絕對的自信，認為「水霧炸彈」的偷襲會成功。

但是，即使不惜投入「水霧炸彈」專用的生體增幅器「Igrok（演奏者）」，暗殺司波達也還是失敗了。不只如此，使用的兩具「Igrok」被消除，「亞瓦」也受損無法使用。如果當時沒使用「Igrok」，貝佐布拉佐夫自己應該會遭受反擊吧。

貝佐布拉佐夫至今以戰略級魔法師身分執行的任務從未失敗。隔著白令海峽和USNA爆發小規模的激戰時，他以「水霧炸彈」埋葬了STARS前任總隊長威廉・希利鄔斯。

這樣的自己執行任務失敗。講得直接一點就是苦吞敗果。

為了洗刷這份屈辱，貝佐布拉佐夫希望儘早重新進行作戰。

◇ ◇ ◇

六月二十日，星期四。

東京從早上就在下雨。國立魔法大學附設高中所在的八王子周邊，街上也被下個不停的濛濛細雨淋溼。

既然是梅雨季，天氣這麼麻煩也是在所難免。其他學生悠哉這麼想，但達也從早上就將戒心提升到最高等級度過。

即使引得鄰座的美月起疑，達也也只有隨便搪塞幾句，沒有隱藏自己的緊張。

雖然是梅雨季節，今年東京的雨量卻好像比往年少。前半個月真的經常下雨，不過進入後半個月之後，今天久違從早上就一直下雨。

既然斷斷續續有在下雨，就不到空梅的程度。不過以梅雨來說，下雨的日子算少。

達也並不是不喜歡這樣。對他來說，他反倒應該樂見自己所在的地方沒下雨。他原本就不是喜歡下雨的個性，但今年尤其不能歡迎。

他抱持這種想法，是從伊豆回東京之後的事。

在伊豆被戰略級魔法狙擊的那一天，也是雨天。

整天持續下小雨的無風天氣，是最適合使用「水霧炸彈」的氣象條件。而且今日幾乎無風。達也推測貝佐布拉佐夫如果要出手應該是今天。

貝佐布拉佐夫沒放棄。

達也確信這一點。達也十一天前除掉的人不是貝佐布拉佐夫。但是達也認為並非無關。

「水霧炸彈」的使用者不一定只有貝佐布拉佐夫一人。新蘇聯或許正在「生產」貝佐布拉佐夫的備品。

光看公開的戰略級魔法師「十三使徒」，使用「利維坦」的魔法師在USNA有兩人，使用「臭氣循環」的魔法師在英國與德國各一人，使用「神焰沉爆」的魔法師在印度波斯聯邦與泰國各一人。

共享戰略級魔法的術式並不稀奇。正因為是破壞力強大的魔法，只要是同國的魔法師而且擁有天分，國家反倒應該讓他積極習得吧。

即使如此，達也還是認為貝佐布拉佐夫參與上次「水霧炸彈」的發動。

根據在於他從伊豆高原狙擊分解的兩名魔法師肉體情報。

那兩人的「素材」完全相同。是以相同基因打造成完全相同的人體

也可能是同卵雙胞胎。但是達也推測「應該是複製人」。那兩人的情報構造（如果將「自然物」的對義詞定義為「人造物」，將人造的類義詞定義為「不自然」）存在著比調整體還不自然的扭曲。

那兩名女魔法師只不過是貝佐布拉佐夫的道具，當時朝達也發射「水霧炸彈」是貝佐布拉佐

夫的命令。這是達也的推理。

雷蒙德．克拉克知道達也是「質量爆散」的術士。這個情報肯定也傳到新蘇聯了。

新蘇聯決定完全剝奪達也的戰略級魔法，也就是殺掉戰略級魔法「質量爆散」的術士達也。

對伊豆別墅的攻擊就是結果。這是達也的結論。

這件事在今天早上也已經告知深雪。

再度連接到第一高中系統的琵庫希，達也也命令進行最高層級的警戒。

像這樣嚴陣以待的達也，在上午最後一堂課結束的三分鐘前，感應到攻擊的徵兆。三年E班正在使用終端機聽講。

中午過後，貝佐布拉佐夫坐進接受小規模改修完畢的大型CAD「亞瓦」操作席。日本時間還是上午，不過新蘇聯沿海各州的時鐘比日本標準時間快一小時。雖然剛好是午餐時間，但貝佐布拉佐夫看都不看餐桌一眼，只將注意力集中在作戰的實施。

「亞瓦」依照上次的反省改良，即使「Igrok」被分子結合力中和魔法（貝佐布拉佐夫是這麼解釋達也的分解魔法）氣化，機體也不會受損。

此外，牽引「亞瓦」的新西伯利亞鐵路列車不是停在海參崴，而是停在北方的烏蘇里斯克郊外。這是以防萬一避免達也依照上次的地理資料攻擊。

相對於上次帶兩具「Igrok」，這次是五具。貝佐布拉佐夫準備將剩餘的「Igrok」全部投入這項作戰。

「Igrok」的配置方式是兩具用為發動魔法的外接演算裝置，一具用為防火牆（必要的時候當成替身），另外兩具備用。

對付USNA的STARS時，也沒有這麼大費周章。這證明貝佐布拉佐夫為了雪上次的恥而多麼投入本次的任務。

——害怕達也的攻擊，連滾帶爬般逃離搭載大型CAD「亞瓦」的列車車廂。

當時的記憶折磨著貝佐布拉佐夫的自尊心。那份屈辱一定要洗刷乾淨。

放置愈久，腦袋就變得愈不對勁。

這是貝佐布拉佐夫的實際感受。

而且，忘記那份可惡恥辱的唯一方法，就是埋葬司波達也。

這是定居在貝佐布拉佐夫意識裡的妄執。

在控制台開啟情報部傳來的資料。司波達也現在在第一高中。

聰明到能夠規劃核融合爐設施的人，要在高中學習什麼東西？貝佐布拉佐夫完全不曉得。只覺得是浪費時間。

但是不同於學習層面的意思，對方待在第一高中內部很棘手。堅固的鋼筋水泥建築物很難以衝擊波破壞。這不是舊世紀的水泥，是第三次世界大戰時開發的高強度水泥，所以更不用說。即使打破玻璃也無法造成致命傷吧。

就算這麼說，「水霧炸彈」也不適合攻擊移動中的對象。從衛星照片推測，住家大樓比學校還要堅固。

——以衝擊波破壞窗戶，讓水霧入侵內部之後引爆。

在預先準備的作戰方案之中，貝佐布拉佐夫從儲存庫叫出這項計畫。他坐的椅子逐漸被「亞瓦」吸入。

他現在是操作「演奏者」奏出破壞與殺戮樂曲的「指揮者」。不是揮動指揮棒，而是操作控制台上的按鍵。

◇

（主人，偵測到魔法發動的徵兆。發動點是第一高中正上方兩百公尺處。）

琵庫希以心電感應發出警告。

這時候，達也已經清楚捕捉到複製魔法式以時間差發動的魔法技術「連鎖演算」發動。

他站起來，從懷中取出大型手槍造型的CAD。

現在還在上課。

班上同學不知道發生什麼事而驚慌騷動，達也看都不看他們一眼，仰望天花板，將銀鏃改造版CAD「三尖戟」往正上方瞄準。

他的動作甚至沒有一瞬間的停滯。

準心精確固定的瞬間，他扣下「三尖戟」的扳機。

◇　◇　◇

大型CAD「亞瓦」內部響起刺耳的警報聲。

控制台顯示的警告訊息如下。發動用的「演奏者」展開魔法式到一半，在不到一秒的零點幾秒內被消除。

魔法式由魔法師建構。即使在魔法演算領域組裝完成，要是沒固定在目標座標，魔法就不會發動。如果在投射魔法式，固定魔法式的這一瞬間殺掉魔法師本人，魔法會在發動前消散。

「將『Igrok』換成備品。快點！」

貝佐布拉佐夫就這麼留在「亞亙」內部，朝外面的作業員下令。

這次不能逃。

「肉體消失」的詭異死亡陰影，讓貝佐布拉佐夫心驚膽戰等待交換程序結束。

「水霧炸彈」的發動很難阻止。

講得更正確一點，以「連鎖演算」發動的「水霧炸彈」，很難以「術式解散」破解。

這是達也經由兩次對決得出的結論。

以「連鎖演算」展開的魔法式，分別有著些微的差異。這種差異和座標距離成正比。即使當成單一群體分解，也沒辦法一次就消除乾淨。

就算這麼說，如果要連續發動「術式解散」對付，「水霧炸彈」將在分解途中發動，使得達也遭受強力的爆炸襲擊。

那麼，只能從根源斷絕魔法的發動。

這就是達也的作戰。

在上次的戰鬥，達也已經取得反偵測「水霧炸彈」發動源頭的訣竅。「連鎖演算」開始的瞬間，沿著魔法路徑反查，以三連分解魔法「三尖戟」分解術士。

「連鎖演算」是將魔法式大範圍複製固定之後，讓所有魔法式同時產生作用的技術。由於要按照魔法式廣域鋪設的步驟，所以單純分解個體的「三尖戟」比較快。即使對象是兩具個體，速度也只在誤差範圍。

這不是賭博。是基於明確勝算，以反擊進行的防禦。

「『Igrok』更換完畢。」

貝佐布拉佐夫沒回應作業員的報告，凝視控制台的衛星影像。剛才的「水霧炸彈」沒發動成功，所以目標上空的大氣狀態沒有變化。依然是厚厚的雲層下方下著雨，幾乎無風。可以立刻再度攻擊。

在上次的戰鬥，對方消除兩具「Igrok」之後，沒有再度使用分子結合力中和魔法襲擊。

模擬當時的現象之後得知，即使以「亞亙」的演算能力，也要花費五分鐘以上才能發動這種中和魔法。推測該魔法就是這麼複雜。

只拿著攜帶用ＣＡＤ，不可能連續使用這種魔法。假設可以，也需要十分鐘以上的時間。貝

佐布拉佐夫是這麼計算的。

既然這樣，「水霧炸彈」的第二次發動會比較快。為求謹慎必須準備第三次發動，所以設定變更為一次只使用一具「Igrok」。為了在這次確實埋葬司波達也，貝佐布拉佐夫將「亞瓦」建構的啟動式注入自己的魔法演算領域。

◇　◇　◇

（確認「水霧炸彈」的發射地點。）

達也依照自己剛才用來反擊的魔法「三尖戟」的「記憶」，在意識裡重現「水霧炸彈」投射到第一高中正上方的路線。

（目標變更為術士連接的CAD。）

魔法發動時，魔法師與CAD之間會產生密切的關連性。CAD在情報層面成為魔法師的一部分，魔法師和CAD一起成為「魔法」這個系統的元件。即使是將魔法硬塞給魔法師的大型CAD也不例外。

達也將「亞瓦」納入準心。

（將戰術目標——貨運列車廂形式的CAD完全破壞。）

達也「看見」的CAD內部，正開始進行建構魔法式的程序。

不過，還在讀取啟動式的階段。啟動式似乎相當複雜，即使超過一秒也還沒讀取完畢。

達也的分解魔法，原本也需要和對方魔法相等甚至更久的準備時間。但是達也的魔法演算領域特化為「分解」與「重組」。「分解」與「重組」用的副系統已經預先準備好，只要輸入追加資料，就可以發動極度複雜的魔法。

因此，「將物質分解為元素等級」或「將情報體分解為想子等級」這種複雜的處理，可以在極短時間實行。

（「術式解散」、「雲消霧散」，發動。）

分解大型CAD周圍產生的事象干涉力力場，將「亞瓦」分解為元素等級。能夠隔著超越一千公里的距離，瞬間接連發動兩種魔法，也是因為達也犧牲其他的魔法技能，在精神內部備妥這個魔法，也就是「分解」使用所需的系統。

情報體分解的魔法與物質分解的魔法接連發動。

一開始，貝佐布拉佐夫還以為發生地震。

眼前的光景朦朧重疊。

但是身體沒感覺到搖晃。

沒有餘力感受到更多的錯覺。

落下的感覺。這不是錯覺。

自己所坐的椅子，突然失去支撐自己體重的功能。

不只是椅子。控制台、地板與牆壁，一切都變得模糊。

地板破洞。

天花板掉落。

牆壁崩塌。

全部變成細砂，化為塵土。

貝佐布拉佐夫重摔在地，發出呻吟。

痛到無法立刻站起來。

受創的不只是身體。疼痛不只來自外側。

頭部從內側傳來劇痛。

完全無法思考。

這是和ＣＡＤ的連結被強制切斷的休克所造成，但他頭痛到無法察覺這一點。

即使如此，還是覺得落在頭上的細砂很煩。

貝佐布拉佐夫好不容易撐起上半身，撥掉臉上的細砂。這些細砂是「亞互」的殘骸，但他現在的思考能力無法察覺這一點。

眼前是烏蘇里斯克的遼闊景色。看見這幅景色，貝佐布拉佐夫終於認知到自己被拋到戶外。

在強烈的頭痛中，貝佐布拉佐夫愕然癱坐。

三具「Igrok」的心臟，因為和ＣＡＤ的連結被強制切斷而休克停止跳動。

即使是這股騷動，貝佐布拉佐夫也聽不到。

[9]

針對第一高中的魔法攻擊即使未遂，也確實被觀測到了。

在國立魔法大學的附設高中之中，第一高中的設備也是最完善的。如果只限魔法，觀測學校周邊的機器齊全到匹敵國防軍的主要基地。

生成氫氧混合氣爆炸的魔法差點在第一高中正上方發動，這個魔法是從新蘇維埃聯邦沿海某州施放。第一高中的觀測機器群附上客觀資料顯示這兩項情報。

這些資料經由魔法大學傳送給政府。

雖然未遂卻是侵略行為。外務大臣以此強力抨擊新蘇聯，呼籲國際社會給予制裁。

在東道青波授意之下，產業大臣的發言更深入真相，一邊事先聲明始終是基於資料的推測，一邊公布本次未遂的攻擊來自新蘇聯的「十三使徒」貝佐布拉佐夫。不只如此，還一口咬定貝佐布拉佐夫協助的狄俄涅計畫，其和平性質需要嚴加質疑。

◇◇◇

「這是出乎意料的副產物……」

六月二十二日，星期六。

達也在早餐的座位上，一邊看昨天產業大臣記者會的新聞，一邊自言自語。

「哎呀，哥哥不是早就計算到這一步了嗎？」

正對面的座位傳來帶著消遣的聲音。

深雪面帶笑容，達也朝她苦笑搖頭。

「我沒想這麼多。在學校迎擊『水霧炸彈』是偶然。我反倒認為白天攻擊的可能性不高。」

「原來哥哥也會失算啊。」

「那當然。」

說到失算，水波住院是嚴重失算。為了避免深雪察覺此點，他將後悔塞入意識深處繼續笑。

新聞畫面變了。達也與深雪停下的手再度開始用餐。

「不過這麼一來，輿論的風向會大幅改變吧？」

不過，深雪依然關心同一件事。

「可以期待日本國內對狄俄涅計畫的反彈聲浪。」

達也也自覺講得壞心眼，卻沒有隱瞞的意思。

狄俄涅計畫原本就是陰謀的產物。既然企圖操作輿論將達也驅逐到宇宙，那麼即使操作輿論毀掉這項計畫，也不必抱持罪惡感。至少達也認為沒這個必要。

「可是哥哥，即使狀況改變，ESCAPES計畫也能就這麼繼續推進嗎？」

「當然。ESCAPES計畫原本就不是用來對抗狄俄涅計畫的東西，只是時間上非得這麼做。老實說，我希望準備期間更長一點，不過既然起跑就不能停下來。」

「好的。我認為哥哥走的路沒錯。」

即使達也企圖征服世界，深雪也肯定會說相同的話，但現在這是無意義的假設。因為達也的目標始終是魔法的和平利用。

「這麼說來，姨母大人不是建議您去視察一次巳燒島嗎？」

「嗯。我也很好奇。不過姨母大人願意將巳燒島預定興建的設施，變更為推動ESCAPES計畫的設施，我至今還是覺得這樣對我太好了。」

「姨母大人肯定認為這也能為四葉家帶來利益喔。」

「但願如此……感謝招待。」

達也放下筷子。

「我去準備咖啡。」

即使自己盤裡還剩下一口食物，深雪依然這麼說完起身離席。

◇ ◇ ◇

達也與深雪在早餐席上聊到巳燒島單純是順其自然，並不是特別有什麼預感。

不過，晚餐前的訪客說出的話題，使得達也不得不想起早上的閒聊。

「啊，嗨～～……」

訪客一臉尷尬地舉起手，向達也與深雪打招呼。

「莉娜？」

正如深雪的驚叫，訪客是安潔莉娜·庫都·希爾茲。

「達也先生，深雪姊姊，抱歉這麼晚前來打擾。」

「不，還不到晚餐時間，所以沒關係……」

達也同樣藏不住驚訝的樣子。回應亞夜子的他，注意力也集中在莉娜那裡。

「總之，別站在玄關說，進來吧。」

「說得也是。莉娜、亞夜子，請進。」

深雪跟著達也邀兩人入內。

「好的。希爾茲小姐也恭敬不如從命吧？」

「啊，嗯。那個……打擾了。」

亞夜子看來習慣了，莉娜露出畏縮的表情，兩人經過按住門的深雪旁，跟在達也身後進屋。

「……叛亂，然後逃離美國嗎？」

「莉娜，辛苦妳了。」

內情由亞夜子說明。雖然難以置信，但她沒理由騙達也他們。達也與深雪都當成事實接受。

「希爾茲小姐……更正，希利鄔斯少校暫時由我們黑羽家收容，不過當家大人想將巳燒島當成少校藏身的居所。」

「巳燒島有莉娜能生活的環境嗎？」

「這方面聽說沒問題。不過即使我們覺得足夠，對於希利鄔斯少校來說也可能不夠。」

「……我可沒那麼嬌生慣養。」

莉娜輕聲抗議。

「所以，想讓少校先看看巳燒島。」

不過亞夜子無視於莉娜的話語。

「姨母大人這麼說嗎？」

深雪也沒理會莉娜的抗議。

莉娜明顯鬧起彆扭。

達也見狀微微苦笑，卻也沒說什麼。

「是的。所以，請達也先生負責帶少校參觀巳燒島。」

「由達也大人？」

兩件事意外連結在一起，深雪睜大雙眼。

「原來如此。」

不過達也點頭認同。

「如果莉娜的逃亡是偽裝，真正目的是在四葉家內部進行破壞任務，那麼考慮到必須確實抑制莉娜亂來，同為戰略級魔法師的我適合擔任嚮導。姨母大人應該是這樣判斷的吧。」

深雪以眼神詢問之後，達也口若懸河地回答。

「我不會做那種事啦！」

莉娜微微起身。

「我知道。」

這次達也沒有無視。

「當家四葉真夜也沒這麼想。這是對於四葉家內部的立場。」

「啊，啊啊……是這樣啊。」

莉娜至今也在組織管理學吃了不少苦。看來達也現在的說明令她接受了。

「亞夜子，今晚怎麼打算？」

「其實想借住這裡一晚，不過當家大人命令小女子立刻當面回報達也先生的回應。」

「打電話回報會不安嗎……知道了。幫我轉達『母親大人』，我會遵照指示。」

「好的，小女子會轉達。」

「今天很晚了，明天再去巳燒島吧。我也會帶深雪一起去，所以幫我請花菱先生加強水波身邊的防護。」

達也委託亞夜子傳話的對象不是兵庫，是兵庫的父親花菱管家。

「這件事，小女子也知道了。」

達也點頭回應亞夜子，視線移向深雪。

「深雪，不好意思，可以幫忙安排莉娜的寢室嗎？」

「知道了。」

「等……等一下……」

無視於莉娜本人的意願，計畫一個個確定。

「那麼達也先生，深雪姊姊，雖然匆忙至極，但小女子今天就此告辭。」

「嗯。改天找時間慢慢聊吧。」

「請務必。文彌也會高興的。」

亞夜子以滿面笑容回應達也這句話。

深雪也維持笑容，大概是來自未婚妻立場的從容吧。

「亞夜子，謝謝妳帶莉娜過來。」

為了送行，深雪和亞夜子一起走出客廳，沒關的門傳來兩人這段走廊上的對話。

「別客氣。那麼，小女子告辭。」

玄關的門關上了。

「莉娜，可以詳細說給我們聽嗎？」

深雪回來之後，達也單方面向莉娜提出要求。

「我也要拜託妳。寄生物真的再度出現了？」

如果只是基於興趣，兩人的表情不可能這麼嚴肅，莉娜只能點頭答應這個要求。

〔逃離篇〈下〉完〕

後記

連續兩個月（註：中文版為同時出版）為各位獻上第二十四與二十五集〈逃離篇〉，各位覺得如何？看得愉快嗎？

達也的ESCAPES計畫，是要藉此逃離狄俄涅計畫。
光宣要逃離體弱多病的肉體。
雷蒙德要逃離無法成為主角的自己。
還有莉娜的逃離。
正如各位閱讀過的內容，本次的劇情寫了各式各樣的「逃離」。當初想的是另一個標題，不過像這樣寫完一看，我自己都覺得〈逃離篇〉這個標題取得很好。

周公瑾再度登場，是我在寫第十五集的時候想到的。讓他退場的時候，我覺得或許可以當成將光宣強化為大魔王的手段。

第十五集〈古都內亂篇（下）〉的第三〇一頁（註：中文版為二八五頁），達也將「眼睛」朝向宇治川的上游，就是這次的伏筆。

達也看不見幽靈。

不過，當時他感覺到某種東西卻置之不理，導致二十四集出現這樣的結果。基於這個意義，之所以誕生光宣×周公瑾×寄生物這個強敵，也可以說是達也失策。

即使這麼說，他也不是會感受到責任的主角就是了。

光宣在這次的〈逃離篇〉成功升格為大魔王，不過角色定位比他提升更高的應該是水波吧。水波給人的感覺完全是女主角。「不要為我爭吵！」的感覺（笑）。看起來好像插了奇怪的旗子，不過水波將會迎接什麼樣的結局？敬請期待。

莉娜也終於正式重回主線劇情。不過為了讓她再度來日本，出現了好多新角色。迪尼布原本不是有台詞的角色……像是肖拉，原本是連名字都不知道會不會出現的小角色。

總之，從「甚至不知道有沒有登場機會」這一點來看，在劇場版登場的兩名STARS成員，也意外在本系列正傳首度登場。

和貝佐布拉佐夫的對決姑且算是了結，不過他也沒就此退場。稍微洩漏劇情預告一下，他和劉麗蕾的再度登場有關，而且扮演重要的角色。

……也可以說是因為編輯部要求讓劉麗蕾正式登場，他才獲得再度登板的機會（笑）。

第一高中學生與畢業生最近戲分變少，不過在達也重回第一高中之後將再度活躍。

角色比當初預定的增加許多，所以感覺要寫的東西也增加……即使距離本系列完結的集數變多，我也會相對加快步調呈獻給各位。

……寫不完的部分，我想應該會挪到大學生篇再寫。前提是出得了大學生篇。

那麼，完全未定，連鬼都傻眼笑不出來的話題先放在一旁。

插入一篇官網用的外傳之後，下一本出版的作品應該也是本系列。但也可能會從武士道公司（Bushiroad）那裡接到關於《Triple Monsters》的工作。

即使是這種狀況，第二十六集也不會讓各位等太久。

出版時程以及劇情進展，我都想加速呈獻給各位。

那麼，由衷祈禱能在接下來的第二十六集〈入侵篇〉再度見到各位。

謝謝各位閱讀本作品。

逃離篇〈下〉

（佐島 勤）

魔王大人的究極饗宴 ~大排長龍的魔王食堂~

作者：多宇部貞人　插畫：zpolice

且看美食偏執狂魔王和他毫無協調性的部下們
上演一齣熱鬧歡樂的極品美食喜劇！

魔王別西卜正打算享用追尋已久的超級最強套餐時，遭到勇者襲擊，為了保護菜餚而死。然而，對食物的怨念讓他復活了……成為人界頂尖食堂的小開——貝爾!?一心想親手重現究極全餐的他身邊，昔日忠實部下「四艷公」和「魔軍師」齊聚一堂，但是……!?

NT$240/HK$75

Babel 1~2 待續

作者：古宮九時　插畫：森沢晴行

超過400萬人深受感動，
超人氣網路小說終於出版！

水瀨雫撿起怪異書本，回過神來就到了異世界。唯一的幸運之處是「語言相通」。雫與魔法士埃利克一同踏上尋找歸鄉之路的旅程。大陸上因為兩種怪病——孩童的語言障礙與連綿細雨所帶來的疾病，陷入極度混亂。異世界隱藏的衝擊性真相即將揭曉！

各 **NT$240/HK$75**

國家圖書館出版品預行編目(CIP)資料

魔法科高中的劣等生. 25. 逃離篇. 下 / 佐島勤
作；哈泥蛙譯. -- 初版. -- 臺北市：臺灣角川,
2019.01
　面；　公分
譯自：魔法科高校の劣等生. 25, エスケープ編.
下
ISBN 978-957-564-672-1(平裝)

861.57　　107019776

Kadokawa
Fantastic
Novels

魔法科高中的劣等生 25
逃離篇(下)

（原著名：魔法科高校の劣等生25 エスケープ編<下>）

2019年1月19日 初版第1刷發行
2022年3月15日 初版第3刷發行

作 者：佐島 勤
插 畫：石田可奈
日版設計：BEE-PEE
譯 者：哈泥蛙

發行人：岩崎剛人
總 編 輯：蔡佩芬
編 輯：黎夢萍
美術設計：黃永漢
印 務：李明修（主任）、張加恩（主任）、張凱棋

發行所：台灣角川股份有限公司
地 址：104台北市中山區松江路223號3樓
電 話：（02）2515-3000
傳 真：（02）2515-0033
網 址：www.kadokawa.com.tw
劃撥帳戶：台灣角川股份有限公司
劃撥帳號：19487412
法律顧問：有澤法律事務所
製 版：巨茂科技印刷有限公司
ISBN：978-957-564-672-1